在他乡

父亲的乡村

经典文库编委会 ◎ 编

河海大学出版社
HOHAI UNIVERSITY PRESS

·南京·

图书在版编目（CIP）数据

在他乡．父亲的乡村／经典文库编委会编．－－南京：河海大学出版社，2019.7
（二十一世纪中国作家经典文库）
ISBN 978-7-5630-5946-1

Ⅰ．①在… Ⅱ．①经… Ⅲ．①散文集－中国－当代 Ⅳ．① I267

中国版本图书馆 CIP 数据核字（2019）第 085940 号

丛 书 名／二十一世纪中国作家经典文库
书　　 名／在他乡——父亲的乡村
书　　 号／ISBN 978-7-5630-5946-1
责任编辑／毛积孝
特约编辑／李　路　韩玉龙
特约校对／朱阿祥
封面设计／仙　境
版式设计／刘昌凤
出版发行／河海大学出版社
地　　 址／南京市西康路1号（邮编：210098）
电　　 话／（025）83722833（营销部）
　　　　　／（025）83737852（综合部）
经　　 销／全国新华书店
印　　 刷／三河市双峰印刷装订有限公司
开　　 本／880毫米×1230毫米　1/32
印　　 张／6.75
字　　 数／106千字
版　　 次／2019年7月第1版
印　　 次／2019年7月第1次印刷
定　　 价／59.80元

目录 Contents

母亲的故乡 … 001

父亲的脊梁，母亲的守望 … 015

藏在碗底的深情 … 021

母亲的手 … 050

我的大哥 … 059

乡间少年 … 090

华福路，幸福路 … 093

小镇三日 … 097

父亲的乡村 … 105

乡村手艺人 … 121

风儿往西吹 … 138

酒事春秋	150
苴蓿、父亲和牛	159
祖母童唐氏	164
『瘫子婆』	177
鸡爪树	186
我的五点三十分	191
陪父亲走完最后一程	199

母亲的故乡

冯伟山

一

母亲准备回趟老家,走前的几天里心情一直不错。小舅家的儿子要结婚了,当姑的没有不去的道理,何况也有五六年没有回去了。母亲年轻时跟着父亲随军,后来就在五百公里外的一座城市安了家。自此,母亲回趟娘家便成了奢侈的事儿。上次大舅家的女儿出嫁,母亲却怎么也挪不开身,就给大舅多寄了点钱,好歹把事儿圆过去了。

母亲坐了火车坐汽车，来到小舅家时，娘家的许多人以及左邻右舍都围上来嘘寒问暖，那种浓浓的亲情和乡情，让母亲倍感温馨，满身的疲惫瞬间跑没了踪影。但小姨没有过来，甚至连眼皮也没抬，她在院子里的一张小桌旁忙着给几棵芹菜择叶子。小姨的婆家离舅家很近，就几里路，这几天她一直过来帮着干点杂活。

小姨是母亲姊妹四个中最小的一个，没啥文化，但干农活绝对是一把好手。她要强，性子也急，啥事都想压人一头，小姨夫更是被她管得服服帖帖。随着两个孩子渐渐长大，家里的开销大起来，小姨家的经济立马就出现了危机。这时，小姨才突然觉得光指望土坷垃里刨食不行，该放丈夫出去捞钱了，但此时的小姨夫在她多年的管理下早已没了丝毫闯劲儿，畏头缩脑，做啥也难成样子了。于是，小姨家的日子越过越糟，她的脾气也越来越暴，还时不时地发点无名火。

等大伙寒暄完了，母亲才走到小姨身边，悄悄和她商量给侄子多少喜钱合适。小姨头也没抬，边干活边说，多少都行。母亲就伸了四个手指，说："咱都不是大款，多少有那个意思就行了。"小姨没吭声，起身去一边倒垃圾了。母亲看小姨忙得不行，就打了个招呼，先去账房把礼钱上了。

谁知就是这点礼钱，却让母亲和小姨起了矛盾，还拌了嘴。

表弟的婚礼结束后，很多瞧热闹的大人孩子都涌进洞房看新媳妇去了。母亲怕吵，就在账房和一个邻居大哥聊天，聊天的空里就随手翻了一下桌上的礼簿，却发现小姨上了六百元。当时母亲愣了一下，觉得小姨是不是当时看错了她的手势，把四当成六了。母亲想找小姨问问，要是她领会错了，母亲会补上二百，也凑个六百，一样的姑姑，不能再让侄子领会错了。本来，母亲之所以上四百元，是想照顾一下小姨的面子，她条件不好，多了吃不消。我家的条件虽不是很好，但父亲和母亲都是领工资的，日子比两个舅舅和小姨还是要好很多。她这次来，兜里还揣了几千块钱，想等婚礼结束，帮忙的管事的都散去，一家人坐一起时，再给两个舅舅和小姨一人一千元，多少表达一下自己的心意。兄弟姊妹，可是打断骨头连着筋呢。

母亲找到小姨，笑着问了礼钱的事儿。小姨说得很干脆："我就是愿意上六百元。"

母亲脸上的笑突然就僵住了，说："为啥？"

小姨嘴一撇："为啥？上次侄女出嫁时你不是也没和我商量，一下就给大哥打来了五百元吗？让我为难了好久，我可是狠着心卖了一只小山羊呢。"

原来如此！母亲有些歉意，说："侄女给我打了几次电话，希望我能看着她出嫁，可我当时实在挪不开身，对她有愧，就多寄了一点点儿。其实，你完全不用那样的，又不是外人，你的家境都清楚，有那个心意就行了。"

母亲说完，小姨的火气一点没减，反而大了："大姑是亲的，小姑就不是亲的了？不就是几百块钱吗，我丢不起那个脸！"

母亲说："上次怨我想得不周到，这次我可是当着你的面商量的，你再这样，就不应该了。"

"你做了应该，我做了凭啥就不应该了？"小姨竟扭头走了。

母亲那个气呀，没想到小姨这么执拗，比小时候还要任性。芝麻大的事儿，值得较真吗？她真想去账房再把礼钱重新上一次，上一千，甚至两千都行，不就是较个真吗！但仅仅一瞬间，母亲就改变了主意，她轻轻摇了下头，笑了。自己可是五十多岁的老姐了，还和小孩子一样玩"过家家"呀。

傍晚，洞房里灯光摇曳，热闹极了，左邻右舍的年轻人都跑来闹腾新郎新娘了，表弟的婚礼再一次掀起高潮。院子里暂时静了下来。吃过饭，母亲和两个弟弟还有弟媳也终于坐到了东厢房里拉起了家常。拉着拉着，就说到了明天的事情上。小舅喝了点酒，显然有些激动，说："明天我们兄弟姊妹几个陪孩子一起去给爹娘上上坟吧，咱家这可是多年来第一次添人口呢。"母亲和大舅都点头赞同，说应该去瞧瞧他们了。

小舅又说："可妹妹（指小姨）下午走时说她心口疼，胃也胀得厉害，明天不一定能去给爹娘上坟了。唉，咱兄弟姊妹四个凑一堆还真不容易，缺了她怎么和爹娘说呢？"

母亲一笑："实话实说呀，就说她和姐姐闹矛盾了，使小性子呢。"

母亲的话，让一屋子的人疑惑不已。母亲就把白天发生的事儿讲了一遍。母亲"唉"了一声，说："妹妹也是四十多的人了，怎么还和小孩子一样呢。这样的性格，怎么和邻里还有家人相处呢？"

大舅说："她人不坏，就是任性，但近几年办事的确和以前不大一样了，也许是生活压力太大，心理稍稍受了点刺激吧。"

小舅边点头边说："对！她从小就好强，啥也不服输，可现在的日子一塌糊涂，心里一直窝着火呢。过两天，也许啥事也没了。她做的是不对,可我们还是要原谅她,谁叫她是咱的妹妹呢。"

大家你一言我一语,都劝母亲消消气,不要和小姨一般见识。

母亲淡淡地说:"爹娘没了,世上最亲的人就是兄弟姊妹了,我嘴上说归说,但心里早就原谅她了。"

二

第二天一早,母亲就和两个舅母忙着收拾上坟的用品。香烛、红纸、一大包袱黄表纸叠成的金元宝,还有四个碟子的祭品,有鱼有肉有水果,还有姥爷爱喝的白酒,姥娘爱吃的薄荷糖。收拾妥当,早饭做好,表弟和媳妇才总算起了床。

吃过早饭,母亲对小舅说:"给妹妹打个电话,让她一起去上坟,就说姐姐给她赔不是了。"

电话打了过去,小姨在那边支吾了好一阵,总算同意了。

等小姨赶过来,太阳已经升在半空了,一家六人提着祭品向姥爷姥娘的墓地走去。表弟媳妇走在中间,身材娉婷,一身火红的裙装，映红了不少村人的眼睛。去墓地，要穿过村子，到村东临河的一片田地上。走到村子中央时，母亲被一个晒太阳的老太太认了出来。

老太太说："要不是你的兄弟姊妹们跟着，我说啥也不敢认你了。看看，才眨眼的工夫，你也出嫁快三十年了。还记得小时候你去村南的池塘里救你妹妹的事儿吧？"

母亲显然没了印象，摇了摇头。

"你妹妹调皮，去池塘边玩水滑了下去，你在一旁疯了般就跳了下去，可水马上就没到了你的脖子，幸亏我从旁边路过，就把你俩拽了上来。那时我就常说，老卢家的大闺女真是勇敢，为救妹妹眼也不眨呢。"老太太边说边挥舞着双臂，动作有些夸张。

母亲攥着她的手，一个劲地说着谢谢。小姨站在一旁，眼睛也红了。再走，总有人和母亲搭话，他们大都是同龄人，见了格外亲热。他们和母亲聊着，都是些童年、少年，抑或青年时的点滴往事，他们笑着、唏嘘着，感叹着时光的飞逝。一路走走停停，母亲目光所及的地方，譬如一棵大树、一堵土墙、一方池塘，几乎都能唤起她数十年前的回忆，琐琐碎碎，遥远而亲切。

　　姥爷和姥娘的墓地在舅舅家的责任田里，他们生前在这里洒下了无数汗水，也收获了无限希望。附近是一条小河，夏湍冬缓，千百年来绕卢村而流。这块栖息地，是姥爷自己看好的，现在他和姥娘就静静地躺在两堆黄土下。坟上长满了杂草，碧青碧青的，其间零星地开着一些不知名的野花，散着悠悠的香。

　　大舅绕坟走了一圈，说："这该死的草，总也拔不完！"说着弯腰就拔。

　　母亲说："这草这么绿，看着喜人呢，就让它们陪着爹娘吧。"

　　大舅"嗯"了一声，和小舅一起给坟头上压了红纸，又动手在坟前摆上了祭品，等点燃了三炷香，才招呼所有人跪在了坟前。大舅说："爹，娘，你们的孙子昨天已经娶媳妇了，今天我们兄弟姊妹四个领着您的孙子和孙媳妇来看你们了。你们放心吧，我们生活得很好，今天也顺便给你们送钱来了，你们想买啥就买啥，千万不要委屈自己呀。"大舅说话的工夫，母亲和小姨他们就把"金元宝"点上了，火苗蹿起来，母亲他们满脸虔诚，用树枝轻轻地拨弄着那些元宝，希望燃烧得更充分，据说元宝烧得越干净，姥爷和姥娘收到得就越多。坟前到处飞舞着细细的纸灰，忽上忽下，忽左忽右，像一群翩翩起舞的黑蝴蝶，很美。

这时，小舅开口了："爹呀，娘呀，咱老卢家添人口了，这可是多年未有的大喜事呀，一年后你们就该抱重孙子了。你们放心吧，咱老卢家会子孙不断的！"说完，他两眼通红，看样子有些激动，竟"咚咚咚"磕了三个响头。大舅瞅了他一眼，脸色一暗，也磕了三个头，起身到一边抽烟去了。

上完坟，小舅到大舅身边蹭烟抽。大舅说："你是老卢家的功臣和脊梁，我算个啥呀，别为一支烟糟践了自己的身份呀。"

小舅弄了个大红脸，说："你什么意思呀？"

"什么意思？老卢家要没了你，不就断根了嘛！"大舅的头梗着，脖子上凸了一条筋。

小舅这才知道自己多话了。大舅就一个女儿，也远嫁了。当年政府安排二胎时，大舅母却因病切除了子宫，刚才说什么"子孙不断"的话，肯定戳到他的痛处了。

"这……我……我就是随便一说嘛，你千万别往心里去。"小舅灵活，连忙赔起了不是。

见大舅冷冷地坐在一边不说话，母亲有些着急，嘴张了几次又闭上了。过了一会，她幽幽地说："你们都回家吧，我要和爹娘说个悄悄话。"

母亲是兄弟姊妹中的大姐，两个舅舅还算听话，闷头往回走，走了几步，大舅示意侄子和侄媳妇先走，自己却停住了。小舅和小姨不知发生了什么事，也停住了，都回头朝母亲张望。这时母亲几乎是趴在了坟堆的野草中，肩头抖动，已经哭出了声。舅舅和小姨有些意外，又都回到了母亲身边。

母亲还在哭，哭了一阵又开始自言自语了。她趴在坟上的样子很迫切，双臂张开着，像在和姥爷和姥娘做着拥抱："爹，娘，你们受了一辈子累，那时虽然苦，可我们一家人多么幸福呀。想想那时的我们，虽然穿旧衣，有时还吃不饱，但无忧无虑，心里敞亮，兄弟姊妹间和睦，那种血浓于水的亲情给座金山也不换呀。你们享福去了，我们却成了没爹没娘的孩子，你们走时再三嘱咐我们兄弟姊妹要抱成一团儿，可我没有那个能力呀，他们都有自己的心思了，肚子里早就盛不下兄弟姊妹们的一言一行了,我、我愧对你们呀。如果时光能倒转,我还想回到小时候,给你们捶背,帮你们做饭,领弟弟妹妹满田野里放风筝、逮蚂蚱……"

母亲唠叨了很多,舅舅和小姨大概也被带进了往日的回忆中。突然,大舅和小舅抱在一起,竟哭得一塌糊涂。小姨也满脸泪花,一个劲地去拽母亲,喃喃着说自己错了。

母亲站起来,泪眼婆娑地望着姥爷姥娘的坟头,心里竟有了些许欣慰。不管怎么说,这座坟头还是把大家的心拢在了一起。母亲想起了小时候,姥爷领着他们一起放风筝。看着风筝在空中自由自在地飞翔,姥爷说:"你们快快长吧,大了也和风筝一样到更高更远的天地去闯荡一番,等你们累了或者我想你们了,就在家里拽拽手里的线,你们就都回来了,哈哈!"姥爷爽朗地笑着,一脸的自豪……

事后,母亲又住了几天,没事就在村子里转悠,睹物思情,她清楚这里才是自己的根儿,那种质朴的亲切感已经完全融入她的血液中了。要回去了,母亲竟有了以前从没有过的不舍。走时,一大家人总算欢欢乐乐地吃了个团圆饭,母亲很知足。饭后,她从贴身的内衣口袋里掏出了三千块钱,给两个舅舅和小姨一人一千。舅舅们推让了一下,就接了。小姨却说什么也不接,说自己满肚子小心眼,不配。母亲说:"啥配不配的,谁叫咱是亲兄弟姊妹呢,何况这点钱是给家里的外甥和外甥女的,让他们买点学习用品,记着还有个大姨就行了。"小姨咬了下嘴唇,"哇"的一声哭开了。

三

一年后,母亲再次提出要回趟老家看看,很迫切,没有半点商量的余地。她说晚上常梦到家乡的山山水水和父老乡亲,很牵人魂的。当然,也梦到姥爷和姥娘了,他们居然说自己的房子被人拆了,全村过去的人都挤在一间窄屋子里,乱糟糟的,很吵。其实,母亲要回老家还有一个原因,那就是她无意间翻出了父亲年轻时的一封信,信是一个女的写给父亲的,满是爱慕之情。说白了,就是一封情书而已。尽管父亲多次解释,说信是认识母亲前一个女同学写给他的,他因为觉得不合适,就没有回信,当时读完就顺手夹在了一本书里。他早就忘了这件事,几十年来更没有任何的联系。但母亲还是不信,觉得父亲欺骗了她的感情,说当年要不是我姥爷和姥娘极力撮合，她说啥也不会和父亲结婚的。人老了，心理异常脆弱，一点点小事也弄得草木皆兵，我估计母亲是想到姥爷姥娘坟前向他们"问责"的，顺便倾诉一下自己的委屈。

母亲再次辗转来到卢村时，却怎么也找不到昔日的村庄了。她看到的是一片废墟，还有不远处一幢幢正在建设中的楼房，工地上尘土飞扬，人声嘈杂。母亲有些发懵，不得已拨通了大舅的电话。大舅很惊奇，赶到后还一连声地问："你怎么来了？你怎么来了？"

母亲低声说："我想爹娘了，老做梦。"

大舅更加惊奇了，但他知道母亲的性格，想做的事儿谁也拦不住。就啥也没问，把母亲带到了一座小屋子前，说："爹娘在里面呢，有啥话尽管说。"

推开虚掩的门，屋子里是一排排类似货架的东西，很高，上面摆满了骨灰盒。大舅说："村子拆了，老坟也起了，全村的骨灰盒都在这里呢。"他指了指角落里靠下的两个骨灰盒，一脸悲戚地说："爹和娘在那儿呢，俩人活着时没享福，没想到死了也不安生。"

母亲面无表情，两眼死死地盯着姥爷和姥娘的骨灰盒看了好久，又慢慢扭身把屋子里的情景看了一遍，突然瘫坐在地上，失声痛哭。大舅去劝，母亲说："帮我把咱爹和娘的骨灰盒抱下来。"看着母亲抱着两个骨灰盒，步履蹒跚地朝远处的小河滩走去，大舅问："去哪？"

"找个清静的地方，我要和爹娘说说悄悄话。"母亲轻轻地回答，好像怕惊扰了怀中的老人。

"嗯。"大舅心里应了一声，两颗老泪"咕噜噜"滚了下来。

四

后来，母亲总是心事沉沉，再也没有说过要回老家的话。我知道，村庄没了，老坟没了，她的根也就断了。在她心里，故乡已经死了。她的心也已经死了。

父亲的脊梁，母亲的守望

邹安音

2014年2月9日上午11时许，当深埋于地下四十年的父亲与我见面时，我觉得是那么的亲近和自然。在人们的口中，他是那么的能干和清廉，为官一方的他倾其所有，把一方水土浇灌得山林青青，水土丰饶！在叔父和姑姑等长辈的描述中，自幼丧母的父亲是家里的脊梁，省吃俭用供养弟弟和妹妹读书……多少年来，我就只能在心底一直描摹着他的模样；多少年来，每次走过他的身旁，我都期盼着他能呼喊着我的小名，揽我入怀……

老家征地，亲人们的坟茔都需要迁移，早在腊月，家侧面山坡上的祖坟和村里其他人家的亲人墓冢都纷纷迁移，只剩下父亲的坟茔，守望着他曾走过的山野。10日晨，天气很冷，雨丝不断。父亲启程时，我突然抑制不住伤感，泪水奔涌而下。足下的这片热土，在不久的将来会被一个现代化的工业园区取代，我多么希望父亲能再看一眼这青青的山林，多么希望他能永远记住这个当年曾战斗和生活过的地方！

　　上午11时许，在绵亘不绝的巴岳山麓，在一片青翠葱郁的松林坡上，父亲安息在一个很敞亮开阔的地方。周围，依然山林青青，前面，依然水土丰饶。

　　此时此刻，飞雪已经化作春雨，漫天而舞。在这万物勃发的新春，在这静静的山岭，春之歌的韵律震颤着我的心灵。父亲，是你牵着我的手吗，和我一起漫步在山梁？

　　葱绿的山坡上，满目的桐子树，沐浴在飘洒的春雨中，一株株吐蕊绽放。微风拂过，水珠自黎青色的树干滴落，钻进湿漉漉的土壤，沙沙沙……如春蚕在咀嚼桑叶，如少女在抚琴弹曲。有花瓣在风中飘飞，蝴蝶般飞落在你身上，我便看见蝴蝶的翅膀抖落一个五彩的幻梦,幽幽地飞进了你的梦里。

你说:到了秋天桐子树结果子的时候,村里就会有光亮照亮夜空;你说山脚那片沟渠,已经改建成一口大鱼塘,里面还种满了藕荷,村里人一年会丰衣足食的……看着你眼里闪放出的熠熠光芒,我真的感到有一束火苗,在村里人的心里熊熊燃烧着,照亮了贫穷的村子,照耀着他们远方的路。

为了这个梦的实现,身为社主任的你,在冬天,你迎着朔风;在炎夏,你冒着酷暑。是你踩着清晨第一滴透明的朝露,是你用佝偻的腰肢送走天边最后一抹晚霞,是你把血汗倾注在了这块褐色的土壤里!作为一名最普通的基层党员干部,你说焦裕禄就是你的榜样,你多想把缠绕在人们身上如丝的贫穷解开,你多想搬走压在人们心上苦难岁月的沉重磨石啊。

可是,积劳成疾的你,染上沉疴,在村民的热泪中,化作了一抔春泥,回到大地的怀抱里。父亲,你就静静地躺在这块滋养你的土地上吧,不要再奔波劳碌了,让山风为你吹响生命的乐章,让茁壮的树干为你遮蔽风雨!

父亲迁坟的前几日,我走进老家院落。村里所有人家都迁移到了临近的城市,只有母亲,在这里做着最后的坚守。

母亲背着沉重的背篼回到院子时,背篼里面装满了青菜。看到她佝偻的腰肢,满头的白发,我的眼睛一下子就湿润了。我在城市里买了很好的房子,有花园,有露台,可以种菜种花,并特地给她收拾了一间屋子。可是每次和丈夫一起接她去养老,她待几天就要闹着回家,说心里放不下家里养的鸡鸭鹅和猪。她一回家就要做农活,我不想高龄的她还这么劳累,尤其是母亲这辈子坎坷的命运更让我悲痛:她几个月大失去母亲,人到中年又失去丈夫,之后再失去最疼爱的儿子。母亲这辈子含辛茹苦地把我和姐姐、哥哥养大,我一直想让她晚年幸福和快乐,但她却一直离不开庄稼地,这成了我的心病。

母亲看到我,非常高兴。不停地搓着满手的泥巴,然后进卧室弯腰从坛子里拿出几块糖放到我手心:在她眼里,我永远都是那个在橙子树下等着她赶场回家要糖吃的黄毛小丫头!之后母亲带我到田里看她养的鸭,又去后院看她喂养的猪,眼里全是骄傲和自豪的神情。也许,她在这里生活得很快乐,我的担忧是多余的。母亲一直在这里生活,也是在永远陪伴着家里的亲人:为村民劳累而逝世的父亲和英年早逝的哥哥!

晚上，她煮了我最爱吃的腊肉排骨。每次回家，她都满心欢喜，恨不得把所有的东西都煮来给我们吃。女儿曾经写过一篇作文，被老师当范文在全班念读，其中最动人的词句就是描写外婆在灶膛里给她烧烤香喷喷的红苕和土豆，她说班上的小朋友很多都流泪了。我烧火她煮饭的时候，看着她的手，我真的很想哭。她是那么伟大，自己目不识丁，居然能把我和姐姐抚养至如今的模样。我和姐姐能从当初这个狭小的家门走进大学的校门，我能在绚丽的舞台上尽情歌唱，能在高楼大厦写字间里主编报纸，能在市政府宽敞明亮的办公室里忙碌；都是她这双粗糙而厚实的双手托举的啊！

晚餐时，她坐在旁边久久不动筷子，看我这个属狗的人啃骨头啃得那么津津有味，眼里充满了慈爱的眼神。我突然就想起上次回家，她把青豆放在碗里细细研磨，居然在半夜给我做出一碗清香甜美的豆腐脑的事情来。母爱，总是在不经意间就像春雨般，慢慢渗透进心里，融化进血液，成为永恒的记忆！

我在休息，母亲却始终在厨房忙碌着，给我弄这弄那。母亲在不停地唠叨，我就一直听她说家里的事情，村上的事情,田野的事情,小时候和现在的事情,更多的则是父亲的故事……闻着乡野淡淡的青草味,我真希望母亲的身影就永远在我视野的地平线上伫立,永远听她这样絮絮叨叨!如果一直有机会听她谈话,这该是多么巨大的幸福啊!泪水,从我的眼眶中悄悄滑落了……

藏在碗底的深情

邹安音

一

"大孃走了!"远在老家重庆大足的姐姐打来电话,时间定格在公元2015年1月24日晚上,就在大孃九十岁生日的前夕。

孃是重庆乡村方言,姨的意思。

我竟然第一次在一个至爱的亲人逝去时没流眼泪,如此高寿的大姨,一个平凡普通的农妇,历经世纪之交,苦其一生,她终究是圆满了自己,去往的世界一定是充满美好和幸福的!

但是我的心却被黑夜分割出几个等份,每一个时间段,都清晰地映照出大姨佝偻的身影和憔悴的面容。时间也像经线,牵扯着我的思维,在一阵阵撕裂的疼痛中,我开始梳理大姨的岁月遗迹。

母亲一共五姊妹,上有两个姐姐,一个哥哥,即大姨、小姨、二舅;下有一个弟弟,也就是小舅。大姨叫杨长玉,个子矮小,嘴角有痣,挽髻,裹脚。三个姐妹当中,只有妈妈没有裹脚。但是好一点的是,大姨、小姨的脚都裹得不是特别厉害,这难能可贵地为她们今后的风雨人生稍微做了一些铺垫。外公先后一共娶了三个妻子,她们相继离世后,大姨长姐如母,抚养四个弟妹们长大成人;出嫁后,她生养了八个孩子,其中六个儿子两个女儿。我们家很困难,我曾被寄养在她家一段时间,她总是在碗底给我放一个煎黄的鸡蛋。大姨八十岁生日后,我再也未和她谋面,在此期间她双目失明。如今大姨走了,连同她一起带走的,还有记忆中的老屋、院子和村庄……

二

时光回溯，我出生之前的历史，像电影的胶片，通过母亲的讲述，拷贝到我的思维空间，我不由得拿起笔，从外公家开始写起。

母亲小时候家境尚可，身强力壮的外公胆大心细，于兵荒马乱的岁月中走南闯北，竟然也积累下一些财富，在巴岳山下修建了一个院子，在此安居乐业。他先后一共娶了三个妻子。我的大外婆生下了大姨、二舅和小姨，因病去世后，外公又找了一个大户人家的女儿，也就是我的外婆。外婆七十多年前生下了母亲，这位养尊处优的大户人家小姐，在娘家衣来伸手、饭来张口，到夫家却操劳不已，不幸染上月子病，含恨而去。外祖母一家在当地也算是有点脸面的，怎么咽得下这口气，外祖公带了一大帮人到外公屋里吵闹，摔碎了很多值钱的东西。母亲说，自那以后，外公家境就一年不如一年。后来他又找了一个贫穷人家的女儿，生下了小舅，不久以后也得病去世了！

接连遭受打击，外公一下子苍老憔悴了，很多事都力不从心，大姨就这样成了一家之主，承担起了母亲的责任和义务。

好在外公曾置下一些田产，成了一家人生活的主要来源。

我眼前的画面就这样展开了。

巴岳山下的几间大青瓦房里（这也是外公的骄傲，用自己的智慧和勤奋，让儿女们从小就有一个不错的院落成长），走出了身材矮小的大姨。大姨迈着小脚，牵着两个妹妹的手，招呼着两个弟弟，走过一大丛竹林，走过一个池塘，走过一条小河，走过一座木桥，走过一条田埂，翻过一个山梁，来到一个有蛮子洞的山坡。

今巴岳山下重庆市大足区邮亭镇元通乡永红村的几个山坡，当年都曾有过母亲的足迹。童年时，每次回外公家，每当我走近一条小河（又叫濑溪河，大足的母亲河），来到这儿的山丘，一片苍翠的松林就会晶亮我的眼神。而让我永远惊奇的是那片苍翠的松林下，一大片黎青色的崖壁上，整整齐齐地排列着一个个蜂窝般的洞口。传说这是先前巴人居住的地方（当地人称其为蛮子洞），它们后来成为了母亲儿时的乐园。母亲说，这儿周围的几个山坡都是外公当年挣下的家产，大姨时常带着弟弟妹妹们到山上捡拾蘑菇。那时候，松林里的野白鹤特别多，飞来飞去，二舅就用自制的火药枪把它们给打了下来。野生蘑菇拿回家，洗净后放锅里用清水煮，因为没有油气，一点都不好吃。但是野白鹤在河边褪毛、剖肚取肠后，二舅就在蛮子洞里用柴火烤熟，很清香。母亲这样说，常常引起我无限的遐想。我觉得这样的生活，对我来说就像一个遥不可及的梦，那年那月的野味，是多么的美味！在想象中，野生蘑菇和野白鹤的清香美味，早沁入了我的心脾，化作浓浓的墨汁，穿越岁月的风尘，成了我写大姨的能量源泉。

当然大姨永远不会知道了，就在她九十岁生日之后的那一天，这条我童年去外公家走过无数次的路，已经变成一条高速公路；而那些蛮子洞已经被当地政府列为非物质文化遗产保护起来，濑溪河也早成了旅游风景区。那天我是开着车从巴岳山的那一边穿隧道过来，经过这里去与她诀别的。

这路途当中要经过一个先生的私塾，大姨的眼睛是不敢往里面盯的，她明白自己的身份和在家里的地位，小姨和母亲也不敢。女孩子不能大声说笑，吃饭的时候不能出声音，坐的时候双腿要并拢，女孩子要学会绣花，嫁了丈夫以后要从一而终……诸如此类的封建礼教，外公都一一地灌输给了几个女儿。所以我记忆中的大姨的表情，始终停留在她那一张布满皱纹的脸上，是愁苦中的微微一笑，有很多的无奈，也有很多的伤悲。多年以后，守寡多年的母亲也把这些一点不漏地灌输给了我和姐姐，但是我和姐姐后来却都走出了巴岳山，走进了大学的校园，还能用文字回忆和记录当初的一切。

二舅走过私塾时也没多想什么，他对家里的松林坡发生了极大的兴趣，对我外婆陪嫁过来的精致木雕床等也发生了浓厚的兴趣，他喜欢不停地摆弄家里厨房的柴块，用它们来堆砌自己喜欢的东西。外公依从他的心愿，把他送到邻里最好的木匠师傅家里，二舅后来就成为了名震一方的乡村木匠。

唯有小舅的眼睛落进了学堂。小舅自幼聪明伶俐，又长得一表人才，深得外公和几个姐姐的喜爱。家里把有限的银元都拿出来，把小舅送进了学堂。

但是小舅后来的发展却让一家人失望，尤其是几个姐姐。大姨常常后悔，责怪自己，不该把他送进学堂，坚持认为小舅就是因为书读多了，变得迂腐了。他不接受家里给他安排的相亲，看不上小脚的女人，坚持要找自己喜欢的姑娘。这在左邻右舍中都成了一个笑话，后来再也没有姑娘愿意嫁给他。小舅的婚事一度成了全家头疼的问题，也是难以启齿的事情，几个姐姐常常扼腕叹息。连我小时候都为小舅的这种事情感到羞耻，不希望他的身影出现在我们家里。尽管他常常接济我们，给我们送来米面和豆类。

把最小的弟弟送进学堂以后，大姨也到了婚嫁的年龄。

三

而此时的外公像风干的蜡烛，岁月湮灭了他所有的风采。外公病逝时，正是橙花盛开的时节。母亲说，临终前的外公，静静地躺在病床上，瘦削的身子像一片枯黄的秋叶，飘零在生命的尽头。他伸出干枯的右手，指指大门外，呆滞的目光突然有了一丝神气，翕动着的干瘪嘴唇想要努力说出点什么，然而他终于什么也没有说出来，最终只是艰难地咳出一口痰后，便与世长辞了。

此时，茅檐下院坝边那片乱石堆砌的竹林地里，独有一棵挂满水珠的橙子树，傲立于淅淅沥沥的春雨中，且在春风中灿灿然地盛开着花骨朵，悄然装点着小院的春色。那一片片不起眼的雪白花瓣，散发出弥久的馨香；遒劲的树干里，也蕴藏着无限的生机与活力。

青丝盘髻的大姨率着小姨、二舅、小舅和母亲，把外公的遗体安葬在了青葱的橙树下。雨珠簌簌而下，仿佛亲人们的泪滴。

母亲说，土改后，外公靠卖苦力为生。每天五更起，他就得摸黑去十余里外的山里煤窑出煤，然后再把煤挑过崎岖的山路，来到山外卖与大户人家，以赚取微薄的钱粮，拿回家养活嗷嗷待哺的几个孩子。不管春寒还是秋雨，不管夏阳还是冬雪。常年的艰辛与劳累，使得外公的背弯了，声音嘶哑了，外公咳嗽得更加厉害。母亲说，有一天大姨用自己积攒了很久的一点钱粮换了别人家的一株橙树，小心翼翼地移栽到了自家的庭院，她希望理气化痰的橙子可以让外公的病渐渐好转起来。

长姐如母的大姨日出而作，日入而息。生活的重担一下子全落到她的肩上，她白天干最重的活儿，想尽各种办法挣钱。院坝边那棵苍翠的橙子树却有着顽强的生命力，直把根漫游到乱石的最深处，充分吸取着土地的营养和汁液，只为春华与秋实。待到硕果飘香的金秋，它就把一枚枚硕大的果实缀满碧绿的枝丫，带给全家一丝丝欣慰的笑容。大姨先摘一篮送邻居，后摘一篮送亲戚，余下的卖了攒钱，留作小舅的学费和家里的生活费。

然而，当儿女们各自长大成人后，当暗香幽幽的橙花再一次灼灼放光华的时候，一片青枝碧叶间，在春天缤纷的落英里，外公却成了花下的骨魂！

童年时，橙子树下就是我们天然的游乐场，我们玩着那个年代才有的游戏，打弹弓、滚铁环、跳绳等。然后趴在树干下看蝉们，它们最喜欢在树下的石头缝隙或者土里挖洞做巢，产下宝宝后就爬上树梢"知了知了"地不停聒噪，非要显示自己的存在和当父母的重要。蝉宝宝们成长的过程也是惊心动魄的，先爬出洞，然后在树叶或者竹枝上留下自己褪下的皮，然后就远走高飞了。记忆中闪烁的画面便是盛夏时节，遥望银河闪烁的星星，坐在茂密的橙树下，听这棵橙树周围人的故事和传说。

枝繁叶茂的橙树如一把冠盖如云的大伞，庇护着院子里的人走过几十个春秋，岁月的年轮同时也磨走了它的华年，它渐渐老去，根部被虫子噬空，枝丫也渐渐干枯，它最终在一个雷雨交加的夜晚，被风刮削了翅膀般的枝丫，只留下光秃秃的树干，兀立在风中呜咽。

四

自然是媒妁之言,父母之命。邮亭区子店乡中华村高家大家族的高爷爷(我从小就是这么叫大姨父),迎娶了元通乡永红村杨家的大女儿。

我在想,大姨的婚礼一定是风风光光的,这从她的嫁妆就可以看出些许眉目来。我记得最清楚的就是大姨陪嫁的那张床。紫檀色的骨架和脚踏板,非常厚实;床沿上雕龙画凤,精致无比;床的里面有壁柜,床的两侧还有箱子,这是我迄今为止见到的最古老、最精美的木床。后来母亲的陪嫁也有这样一张床,但显然比不过大姨的,据说是二舅的杰作。

我的童年记忆停留在子店乡中华村大姨家的时候要多些。

大姨自从嫁到高家,就把自己变成了一颗尘埃,谨遵外公家训,牢记高家族规。她一口气生下了八个孩子,其中六个儿子两个女儿。孩子中除了三哥、四哥头脑灵活,性格像父亲以外,大哥、二哥、五哥、六弟和大表姐、小表姐都像母亲那样,不爱言语,所以多年以后,他们的命运也各有不同。

高爷爷长相英俊,身材高大,在高家很有威望。所以逢年过节，家里总是热闹不断。他爱喝酒，干完一天的农活以后，每天饭前都要喝一小杯，但是他几乎不酗酒。大姨总是把酒给他斟好，然后不声不响地离开。她几乎没有多少时间是在桌子上吃完饭的，仿佛厨房和猪圈、水井和小河边就是她生活的天地。

从我记事时候起，大姨给我的印象就是围着围裙，头偏向一边，脸上的表情不悲不喜，默默地走路，默默地干活儿。她本来身材就很娇小，再加上背略微佝偻，走在人群里更加不被人注意。但在通往猪圈和小河边的石板路上，她的一双小脚却跑得飞快。

我之所以这么熟悉大姨一家人的生活，是因为父亲早逝以后，大姨心疼最小的妹妹，同时也为了减轻我们家里的负担，就把我接到他们家里住了一些时日。

那是一个很大的院子，位于山坡的半山腰，周围都被竹林包围着。中间有一条长长的甬道，对着正门的几间大瓦房，那是大姨家的。左侧有一排高大的房子，墙壁是用竹子和泥巴混合起来构建的，外面再用石灰刷得雪白，住着高爷爷弟弟一家。右侧是几间小青瓦房，那是二哥成家以后分给他的房子。西北侧有几间小屋，分给了三哥、四哥。东北方向是一户外姓人家，门外有一条小路，可以通往山脚的小河沟。甬道的最南端，就是大姨的猪圈房。

其时大哥成家已经搬出去，他找了一个聪明贤惠的妻子，在后院儿的山顶上建了一排漂亮的房子。他那时是泥瓦匠，有一手漂亮的绝活儿，又加上稳重成熟的个性，被村里人选为大队长。

从我家前进村到中华村这个院子，大概有十公里的路程，它一直铭刻在我心底，贯穿着我整个童年的记忆。从我家门口走过一段石板路，再经过一段长长的土耕路，然后从一个山湾下道。传说这山上有一块石头，如果人站在上面，它就会跳动，大足县志也有记载，称之为跳石。这充满诡异的石头，常常让我产生丰富的想象，既惊奇又害怕。因为几乎每年的正月初二，如果没有母亲或者哥哥姐姐的陪伴，我都要一个人踏上这条通往大姨家的路。当我一个人走在湾底时，因为害怕，就跑得飞快，也不知道山上那块石头跳起来没有。但是大姨的家，有无穷无尽的温暖等着我，从我家到她家那么远的路程，哪怕我脚底磨破了泡，也值得穿越。

从我记事起，大姨家的大哥、二哥、三哥和大表姐都先后成家出去了，每次吃饭前，大姨先给高爷爷斟好酒，然后再放一碗饭在我面前，这是专门为我做的。因为家里劳力多，在生产队分的粮食也比较充足，在大姨家吃干饭的时候就比较多。这让我刻骨铭心。

在我家，父亲去世以后，母亲就成了主要的劳力，每年分的粮食少得可怜，我家的衣柜是专门用来盛放粮食的，能装满一柜子就算丰收了。母亲会计划着这柜子的粮食怎么吃够一年。她能想出的办法就是做很多的咸菜，然后在粥里加上它们。我家的卧房很简陋，但是装咸菜的坛子却占满了大半个屋子。就是这些酸菜稀饭，让我一到吃饭的时候就哭闹不止，那个时候，我的哭闹在整个生产队都很出名，据说有一次我拒绝吃饭，在地上蹬了一个坑儿。我深深记得，有一次母亲实在没有办法控制我哭闹的局面，当天晚上就把我关在门外。小院月黑风高，这可把我吓坏了，曾经乖了几天，可是几天后依然如故。母亲后来想了一个办法，用土碗盛一点米，放在柴灶里煨熟，单独给我吃。但就是这样的酸菜稀饭，也不能保证我们一家五口一年四季的口粮。好在母亲娘家总是接济我们，小舅常常把家里晒干的豆子给我们带来，母亲也种些南瓜、冬瓜等充饥，让我们勉强度过贫困的日子。

我总是在大姨怜爱的目光下捧起饭碗。"吃吧吃吧。"每次说完这句话以后，她转身就进了灶房，又忙着去煮猪食了。我几乎从来不知道她什么时候吃饭，吃的又是什么。

每次捧起饭碗，闻着香喷喷的米饭，心里就特别温暖。因为我知道碗底一直藏着一个秘密，那是大姨对我深情的爱护，仿佛母牛对小犊子的爱怜。大姨总是把鸡蛋煎得油黄油黄的，然后加汤熬煮后，盛放在我的碗底，几乎每天中午都是这样。那个年代，家家户户都养鸡，但是生的鸡蛋是舍不得吃的，没有电灯，照明用的都是煤油，这鸡蛋是要卖了钱以后用来换煤油和盐巴针线之类生活必需品的。有几次我舍不得吃，大姨就说我身体薄，该补一补。她望着我吃饭，脸上就会露出难得的笑容，她那嘴角边的黑痣，我都觉得特别好看。她一年四季都梳着同样的发型，在后脑勺挽一个圆圆的髻，很朴实。

我一直觉得大姨温柔得就像母亲，晚上我喜欢挨着她睡觉，她就会搂着我给我讲外公的故事，我常常在她轻柔的声音里进入梦乡。

早上一醒来,我总会看见大姨在厨房烧火的背影。那灶门口上面总挂着很多好吃的东西,有春天收获的萝卜干儿,秋天晒干的红苕干儿,还有冬天宰杀年猪后的一些杂碎等。经过柴火熏烤的这些东西,吃起来别有一番风味,既是高爷爷平时下酒的好东西,也是家里来客人时最好的招待物。大姨经常取下红薯干给我吃。她一年四季都围着的那条阴丹布围裙里,总装着好吃的东西,有米花糖,还有炒得金黄的胡豆、豌豆、花生等。每每看见小孩子,她就会给他们抓一把放在兜里,大院里的孩子们都喜欢大姨,亲切地称呼她为高婆婆。几乎没有人知道大姨姓什么叫什么,我觉得大姨可能连自己也忘了自己的姓名吧,丈夫和儿女,甚至竹林里的鸡,田野里的鸭子和鹅,房圈里的牲畜,就是她生活的全部。

吃完早饭,我陪大姨去喂猪。猪圈在大院的最南端,我提着潲桶,大姨迈着一双小脚,颠颠地走过中间的石板路,头偏向一边,也不说话。我们到了猪圈,大猪小猪都哼哼起来,欢快地摇着尾巴。大姨高兴极了,此时脸上才露出灿烂的笑容。她亲昵地摸摸猪儿的头,一勺勺地把猪食倒进食槽子里,直到看见它们圆鼓鼓的肚子以后,才满意地拉着我离开。

竹林里有很多鸡，它们自己玩儿，自己找吃的，大姨是不会管它们的，因为它们长大啦。大姨的心思更多地放在老母鸡怀抱下的小崽儿身上。她得把米剁碎了，拌上麦麸子、青菜叶子等，嘴里咕喔咕喔地呼唤着，满脸慈爱地等着小鸡来啄食。她蹲在地上的样子，让我看见了老母鸡那样的母性光辉。

这群小鸡，大姨是有她的计划的。每一个儿子成家和每一个女儿出嫁，都离不开这养大的大红公鸡。它们得成为迎亲的礼物，在鞭炮噼里啪啦的欢笑声中，在媒婆的说唱声中，在姐妹和女儿的哭嫁声中，完成自己一生的使命。它们鲜红的血，常常被供奉在祖宗的牌位上，也浸染着大姨的心，这是她去世多年以后我看见的！

每一个儿子成家，每一个女儿出嫁，大姨的脸上就会多一分愁苦，也多一分笑容。她的腰越发地佝偻了，脑后面的发髻开始变白。母亲说，她小时候就有头疼的病，婚后时不时地会犯一阵子，二哥婚后，她的头就开始疼得厉害。

我还记得二哥娶亲时候新娘子的样子，二嫂长得很貌美，她娇羞地低着头，任凭闹洞房的人怎么嬉闹也不抬头。二哥长得一表人才，总是幸福地憨笑着。新娘子的嫁妆很丰厚，二哥二嫂又郎才女貌，他们住在右边厢房里，成双入对，很是让人羡慕。那时候，大姨脸上的笑容明显多了起来，她开始忙碌下一窝鸡仔，准备三哥的婚事了。

如果生活按照既定的轨道发展下去，仿佛就不叫生活了。二嫂生下小孩子以后，不知道怎么犯了病，据说这是在娘家的时候就有的，只是媒婆瞒住了这一点。二嫂犯病的时候六亲不认，抓住什么就会朝人身上扔，哪怕是锄头和刀子。这让一家人很是不安，二哥没有办法，只得整天和二嫂待在家里，还要照顾小孩子，哪儿也不敢去。家里的活儿没有办法，大姨只好让五哥帮忙去做。那时候，大姨脸上的愁容又多了起来。

五哥长相憨厚，生性木讷，不爱言语，不如三哥、四哥头脑灵活。其时，三哥、四哥也已经分别成家，不过他们都到外面学手艺挣钱去了。大表姐、小表姐也都已经出嫁了。

悲剧是在一个傍晚发生的。五哥从山上劳作回来，二嫂趁二哥照顾小孩子的空当，悄悄溜了出来，开始骂人。大姨掩面哭泣，五哥羞愤难当，抡起肩上的锄头，朝二嫂头上砸了下去。就是这一锄头，从此改变了二哥的命运，川（二哥孩子）

的命运，自己的命运！

我坚信大姨的头疼病就是那时加重的。二嫂倒在血泊中，瞬间殒命。二哥扭打五哥。警察也来了。

我不知道当时发生的情景，这都是后来哥哥告诉我的，哥哥和五哥关系极好，他们年龄相仿，经常一起上山砍柴，一起到煤矿掏煤。警察走了以后，五哥也疯了。再几天以后，五哥刚定亲的女朋友退回了彩礼。

儿子们成家的都已经分出去了。大表姐、小表姐也出嫁了。我和最小的表哥同岁，他比我大四天。那时候生产队集体劳动已经解散，实行的是包产责任制。自从二哥结婚以后，又失去了五哥这样的劳力，家里的重担一下子压在了老两口身上。我和小表哥都在上学，但小表哥不得不辍学，回到家里帮忙干活儿。哥哥们都在的时候，他常常到我家玩耍，我们一起摘桑果，一起守地里的西瓜。他对我非常好，如果家里没出这样的变故，他也应该是家里的大学生，他有这样的宏愿。那时候哥哥已经是川大的自考大学生，他利用科学知识勤劳致富，把我们家搞得风生水起，这让大姨渐渐改变了对读书人的看法，她也有让小表弟上大学的理想。

五

我的童年也有很多时候是在二舅、小舅家度过的。土改的时候,家里的田产也早被分割了。几间大瓦房被重新翻修,左边的给了二舅,右边的给了小舅。二舅虽然拥有一身木匠的好手艺,但是生性木讷,不爱说话,也不会讨姑娘的欢心。磕磕碰碰地到了大龄,总算结了亲,娶了后院儿一个寡妇,也就是我二舅娘。二舅娘长得不太好看,很黑,脾气古怪,爱占小便宜。好在二舅能容忍她,尤其是在她生下两个儿子以后,一家人倒也过得和和睦睦的。

外公去世以后,小舅慢慢地也不再爱说话了,遇上赶集天,一把"铁将军"把门儿,跑到街上喝酒去了。所谓的街道叫老鹰岩,一条道走到头,一袋烟的功夫。街尾有一棵大黄葛树。站在这棵树下,可以看见蛮子洞,也可以看见外公以前家里的山地。小舅常常喝得酩酊大醉,东倒西歪地回到院子里,回到右边的厢房,然后呼呼大睡。这让几个姐姐操碎了心,找了好多媒婆,但是因为小舅年龄越来越大,快到不惑之年,家境也不是很好,最后都不了了之。直到小舅有一天丢了一颗石子在她们几个人的心里，激起轩然大波。一个赶集天，小舅破例没去喝酒，因为黄葛树下围了一圈人，婆娘们啧啧惊叹着，男人们不怀好意地笑着，他们都打量着圈子中心的一位姑娘。这是一个精神失常的姑娘，在那儿唱着笑着。她的肤色很白，模样也挺好。小舅不知道哪里来的勇气，拨开人群，抱起姑娘，擦掉她脸上的灰尘，在众人惊诧的目光中，牵着姑娘的手就往外走。这就是我后来的小舅娘，比小舅小了将近二十岁。

小舅娶了小舅娘以后，变了很多，他不再去街上喝酒，安心守着小舅娘过日子。后来，小舅娘家里的哥哥姐姐等亲人也找到小舅家，回家禀报情况以后，小舅娘父母默许了这门亲事。原来小舅娘是一个才女，高中毕业考大学，不幸几分之差落榜，神经受到强烈刺激，所以流落街头。小舅很疼爱小舅娘，曾经带着她到我们家来过几次。他经常亲昵地呼唤她的小名，虽然她口齿不清地唱着，笑着。小舅娘后来生下一儿一女，万幸的是，两个孩子非常健康活泼。

就在2015年1月25日，我开车沿着宽阔的公路前行，我在去看望大姨最后一眼的路上，下了车后，面对一个翠竹环绕的小院，我驻足凝望，满眼的新绿已经浓浓地铺满原野。在两幢精致的洋楼旁边，有一大片青翠的橙子树林子。童年走过的荷塘边,春水在荡漾,群鸭在戏水。母亲说,那是大舅和二舅的家。表兄们虽然没有考上大学,但是后来都在广东深圳打工,几年前他们都回到老家,先后在老家开了石头场,过上了富足殷实的生活。

我深埋于橙树之下的外公啊,多么希望你能睁开双眼,看看面前的这片橙子林!

六

起初小舅的婚事对大姨的打击很大,她觉得没有尽到自己作为长姐的责任,对不住黄泉之下的父亲,一度拒绝小舅带着小舅娘到她家里去。就像大姨对八个儿女婚事的态度,这是她生活的希冀与重心,好比养育娘家院落的橙子树那样精心细致。后来看到小舅一双活蹦乱跳的孩子,她的心里好受多了,觉得自己的心里终于圆满了一些。

这一年,恰好小表哥也"出嫁"了,他入赘到我们旁边的一户人家,当了上门女婿。那一年,我刚好大学毕业。

这一年的春节很热闹,刚好是大姨七十岁的寿辰。姐姐大学毕业后被分配到子店乡中学教书,因为姐夫在西藏部队工作,常年不在家,母亲去学校帮她照看孩子,大姨便经常到姐姐家和母亲一起玩儿。有一个暑假,我到姐姐家,看见大姨的气色明显好多了。从我家到大姨家的土耕路,也修建成了一条柏油路,姐夫买了一辆摩托车,很快便可以从山外跑到山里。

大姨寿辰这天,母亲一大早就带着我和姐姐到了她家,山外的小表哥和嫁出去的两个女儿也都回来了,大哥、二哥、三哥、四哥也都各自忙活着。只有五哥,蓬松着一头乱发,在院子里闲逛,见人就呵呵傻笑着,感觉他是快乐的。二舅一家人,小舅一家人,小姨带着自己一大家人也都来了。我看见大姨的发髻全部变白了,二舅、小姨、小舅们也都渐渐老去。但是相聚的喜悦冲淡了他们所有的忧愁。

大姨穿上红色的袄子,手臂上系着红色的绸缎,坐在堂屋中央,和弟弟妹妹们拉着家常。红的色彩辉映着大姨的脸,她的笑容像春天的玫瑰,绽放在深深的皱纹里。我第一次发现大姨的眼睛特别大,虽然岁月剥蚀了她的青春和年华,但是她的美仍难以掩饰,像一杯陈酿的酒,倾洒在这个屋子里。

她的身边坐着高爷爷，这是她一辈子跟定的男人，并为他生养了那么多儿女的男人。我没有看见大姨做新娘子那时娇羞的表情，但是我在想，那一定是很美艳的。大姨的双眼，在这个时候，透露出的慈爱光辉，承载着父辈的期望，兄弟姐妹间的情意，还有对下辈们的祝福。只有这个时候，大姨才闲了下来，她大声地说话，爽朗地大笑，仿佛所有的欢乐和幸福都属于她一个人。

院子里，正在宰杀大肥猪；厨房里，正在烫杀鸡鸭鹅；一溜儿的桌子上面，摆满了炒好的花生、胡豆等。这些她亲手喂养或者侍弄的东西，今天终于只为大姨一个人欢乐。

鞭炮燃放了一挂又一挂，高家大院热闹非凡。开席了，一时间觥筹交错。端菜的大叔大婶们不停地穿梭来往，他们都是主动来帮忙的村上邻居。桌子上的菜品很丰富，有猪肉肘子、豌豆酥肉、糯米红枣饭等乡村九大碗，飘溢出浓厚的醇香。晚辈们开始依次为长辈们敬酒祝福。孩子们欢笑着，相互间亲昵地打闹着。乡村的花样年华，像一部题材丰厚的乡村电影，在人气旺盛的乡村大院里精彩上演！那个时候的电影已经走出工厂和电影院，真正地走进了农村。村里人遇上喜事，都要请进院子里放上几部,增加喜庆的热闹气氛。

当天晚上,在高家大院的竹林里,为大姨贺寿的电影一部一部地接着放,这个一辈子在幕后的女主人,终于走到了台前。

七

这以后,姐姐调出子店中学,到了临近的双桥区农委上班。为了照顾侄儿上学,母亲也跟着到了姐姐家,这样与大姨家的接触渐渐少了。我到很远的外地工作,很少回老家,听说大姨家的大哥到云南跑起了药材生意,三哥四哥也南下打工去了。高爷爷不久去世,大姨和五哥相依为命,她的双眼已经看不见任何东西了。

我听后很想哭。

大姨八十岁寿辰,我那个时候在当记者,正在采访中,接到姐姐接通的大姨电话,听见大姨的声音,我的泪水终于夺眶而出。我不知道大姨是怎么摸索着为五哥煮饭的,她还走过长长的甬道去喂猪吗?她是怎么迈着小脚走到河边,为自己和儿子洗衣服的?她还到竹林里咕喔咕喔地唤小鸡吗?

如果她的头疼病犯了，那该怎么办？

  电话这端，我早已潸然泪下，而电话那边，大姨轻柔的声音却一直在持续，听不出她因岁月的沧桑和薄情而带来的忧伤和抱怨。她亲昵地问我什么时候回去，关心着我的工作、家庭和孩子，她讲述着我小时候的一些故事，就那样絮絮叨叨的，我明显感受到她的欢乐和幸福。而挂下电话的我，心情却有如灌了铅般沉重，故乡离我有多远？三百多公里的距离，四个多小时的车程，但是我成天忙工作，忙生活，忙家庭，或者忙一些虚无的东西，自从那以后，我和大姨竟然有十年没见面了！我的双眼虽然是明亮的，但是比起大姨，是不是迷失了一些东西？

  故乡，我心底遥远而温馨的记忆，它像脐带，永远连着我的血脉和骨肉。它也像一个巨大的瓷碗，灵透着动人的色泽，盛放着家乡的人和事，物和情，殷切地呼唤着我的归来。

八

  大姨，我回来了，我回来看您了！驱车出发，从南充上高速，三个多小时到了大足。至邮亭，一条宽阔的柏油路直通子店乡政府，没想到，再顺着一条新修的公路，我竟然把车直接开到了大哥家院子跟前。

正是寒冬时节，公路边大姨家的冬水田里，没有了粼粼的波光，没有了偶尔跃起的小鱼儿，没有了记忆中鸭子们追逐嬉闹的热烈画面，只有荒芜丛生的杂草，还有坚硬的板土，摆出一副沧桑的面孔，袒露一颗冰冷的心，无言地诉说着乡村的故事。

我走近高家大院。视野中，大院周围一年四季葱绿的竹林变得稀少而枯黄；几棵孤零零的桉树伫望在坝边，叶子们全部掉落了，枝丫们像无望的孩子，可怜巴巴地望着院落；大院里，除了大姨居住的那间房子，其余的几乎都坍塌了，被杂草掩埋。

我走过废弃的猪圈房，走过坍塌的左右厢房，走过中间长长的甬道，仿佛重叠了童年的影子，是要走进一间充满温暖的屋子，要去亲近一个身材娇小却和蔼可亲的女人，寻求母爱的温暖，寻求饭粒的清香。我仿佛隔空离世，去打捞历史的记忆，去寻找一种深情。

子店乡中华村高家大院中的主人公，一个叫杨长玉的普通农妇，我亲爱的大姨，走过世纪的乡村风雨，走过平凡而简单的人生，穷尽做女儿、妻子和母亲的光华后，此时正躺在屋子正中歇息。但她是永远地安睡过去了，静静地，与大地一同呼吸着！

　　大姨是儿孙满堂的。表哥表姐和他们的下一辈孝子们头戴白色的孝布，跪在她的灵前，听道士念经，然后烧香磕头。我想大姨此时应该是欣慰的，天南海北打工经商的儿女们和孙子孙女们乃至重孙女们都回来了，这难得的一次齐聚，是大姨生前多么强烈的愿望啊！

　　院坝外热闹非凡。因为大姨的高寿离世，这在乡村是被称为喜事儿的，亲戚朋友们和左邻右舍的人都来祝福送行了。表哥表姐们都很孝顺，请了专业的家政服务公司做宴席，每一个菜品都是事先做好了，开饭时直接从街上运过来，所以乡村九大碗就成了故乡这个大碗碗底盛放的记忆了。母亲娘家的人自然坐到一块儿，上辈除二舅和二舅娘过世以外，其余都还健在；我们这一辈的，表哥表姐之间相见都很亲切；但是下一辈之间，或者他们的后代，我很多都不认识了，相互之间也都很陌生。五哥苍老得不成样儿了，像一只孤雁，在院坝外走来走去，不说一句话。有时候他又突然大哭起来，像一个无助的孩子。我心里不禁有点凄凉，看着院坝外的一丛芭蕉绿，我把他们全部招呼到下面合影留念。没想到这个小小的举动，小姨和母亲以及小舅高兴极了，孩子们也都欢呼着，比画着最得意的手势，来为这次的相聚点赞。

饭后，大哥的大孩子广广，带领我们走过那一排枯黄的竹林，那几棵凋零的桉树，走进高家大院山坡顶上一排崭新的房子里参观。人还没进去，一阵机器的轰鸣声就传进耳膜。原来这是几间生产塑料颗粒的厂房。几台黑色的机器像人一样板着面孔，机械地转动着手臂，嘴里不停地吐出一些晶莹剔透的白色颗粒来。另一排厂房里，几台黑色的机器把白色的颗粒吞进肚子里，一会儿的功夫，就孕育出一丝丝白色的线条来。这是机械生产的塑料绳索，提供给供货商的，广广边走边介绍。他出去沿海打工多年，没想到回家便做了这么一件让全村人刮目相看的事情。不过村子里也没多少人了，只有几个老人和孩子开始看了下稀奇和热闹。广广说完，有些惆怅。厂房对面山坡下面就是山湾，山上就是传说中的跳石山，其早已经被列为乡里的旅游开发项目，吸引了很多市民来游玩观光。

站在山坡上四望，在坍塌的高家大院外，在一丛枯黄的竹林中，在几只小鸟飞过之处，有一个新挖的坟冢，静静地等待着一个世纪老人的赴约，等待着一个故事的结束，或者开始。

母亲的手

邹安音

一

粗糙，宽厚。两个大拇指尤其硕大，骨节凸出，纹路深陷，指甲坚实。

无数次，我泪眼朦胧地盯着母亲满头的白发、刻满皱纹的脸庞、瘦小单薄的身子，定格在她这一双大手上。这哪里是一双女人的手啊！皲裂的掌纹，刻着岁月的艰辛，留下劳作的印迹，藏满母爱的深情。

我拿过母亲的手，想要打开童年的记忆。夕阳下，母亲弯腰侍弄菜园和家园的剪影一直辉映着我整个的孩提时代。

一湾水田上，一条石径下，一丛竹林边，是一块方正的土地。周围竹篱笆坚挺壁立。一年四季，肥沃的土里总能长出绿的菜、红的果……这就是我家的菜园子，是守寡的母亲用心血和汗水浇灌出的第四个孩子。

我三岁那年，身为公社主任的父亲撒手人寰。大家闺秀出身的母亲毅然剪了短发，斥跑了媒婆，俯下身子，扛起一个家的重担和责任。其时我们隶属大足县邮亭区邮亭乡前进大队三队。每天清晨，当生产队的大铁钟"咣咣咣"敲响后，田野醒来。于是妇人们晨炊，老人们牧野，孩子们上学，男人们挑担——这当中也有母亲的身影！多年以后，每次凝视母亲佝偻的腰肢，我的眼睛就会模糊。

那时候，除去集体土地外，每户人家还分了几分自留地。我家的自留地在后院的竹林边。母亲白天收工后，傍黑砍下碗口粗的慈竹，划拉成篾条。她的手因此常常受伤，血痕斑斑。母亲从不喊痛，用嘴吮干血痕，把篾条编成竹篱笆，再把菜园子围得严严实实。母亲种的蔬菜有大头菜、萝卜、虎耳菜等。大头菜和萝卜是必须要种植的，秋天成熟后晒干，用泡菜坛腌渍，就成了全家一年的下饭菜。母亲腌渍咸菜时，手上新鲜的血痕被咸水浸泡成白色的暗纹。可那时的我不懂事，哭闹着不肯吃咸菜稀饭，母亲特地在柴灶中焖熟一小碗白米干饭，给年幼的我。新鲜的菜蔬要拿去卖钱。母亲常常在凌晨四五点钟，就挑着满筐菜蔬，打着手电出发了，她要趁天亮工人们上班之前，赶到七八公里远的长河煤矿去卖，以此换回我和哥哥姐姐们吃的、穿的和用的，甚至于越来越多的学费。

目不识丁的母亲很要强，父亲是党员干部，我们本来可以申请减免学费，但是她从不愿意给大队增添麻烦。"你们一定要多读书，长大了有出息。"这是母亲对我们说的最多的一句话。我1976年上小学时，第一学期的学费是三元五角，母亲卖了一夏的虎耳菜和汉菜才凑齐。

二

虎耳菜和汉菜成熟时，端午就来了。每到端午节前夕，母亲就会围着那条青色的围裙，在厨房里不停地忙碌。她先抡起砍刀劈柴，把火烧得旺旺的；再把水烧开；又把糯米用开水烫了；然后端个簸箕，在院坝边开始包粽子。芭蕉叶用来包长长的米粽，称为"猪蹄子"。猪儿粑叶适合包小米粽。"猪蹄子"通常是留着走亲戚的，我们自己吃小米粽，母亲从小教导我们要把好东西留给别人，这也是她留给我们人生的一笔巨大财富。

屋后那丛蓬绿的猪儿粑叶，长如剑鞘的叶子，墨绿的颜色，是岁月留给我永不褪色的胶片；还有屋前的芭蕉叶，荫满中庭，看那叶叶心心舒卷一如，汪满绿色的深情，不正是母亲这一生对我们的守望和眷恋么？

母亲包粽子的手很灵巧，就像她年轻时绣花那样，长长的丝线在手中飘绕，这样的婉约与她的粗大双手很不匹配。那时候，我常常觉得她的手是有魔力的，能变出我们需要的一切：她用最密实细小的针脚，缀补衣衫，缝制布鞋、书包、麻袋等；还能用最精细的篾条，编织箩筐、竹筛、背篼等；她用粗壮的双手，攀登别人不敢去的大山和悬崖，割下柴草，储存到冬天，温暖我们的土墙屋；最美妙的是，她还在自留地里种出花生、甜瓜、瓜子等，能把最简单的食材拨弄得有滋有味，以此滋养我们的身体和灵魂……母亲其实也是在用爱编织岁月，把我们包裹，直到我们长大成人。

三

正当哥哥壮年时,母亲却再次遭受心灵的重创:哥哥因车祸撒手人寰!母亲一度陷入绝望之中,她时常叫错人的名字,经常和邻居争执,或者吵架。但是坚强的母亲很快挺了过去,因为还有我和姐姐正在读书。

母亲说:女娃也要读书,不要像她那样一个字都不认得。她更加勤苦,拼命劳作,以换取我俩的学费钱。我至今依然记得那时的情景,我和姐姐拿到大学录取通知书到村里下户口的时候,母亲拉着我们的手,脸上泛着红光,眉梢眼角里都满溢出自豪和骄傲。

那是我大学毕业回家乡参加工作的第一个冬天,暮色自天边涂抹开来,弥漫了整个山川原野。母亲,那时你却身披暮霭,痴痴地站在家门前的大树下,立成一尊雕像,对着家门口的那条小路,把我张望。

今天是周末,女儿怎么没有回家呢?每次周末,你都这样站立在路口等候女儿归家,母亲,这是你第几次,在路口把女儿张望?第二天回到家里,姐姐说,晚上屋外寒风叩打窗棂，发出"哒哒"的声响，母亲以为你回来了，就下床替你开门。姐姐说这句话的时候，我正低头看书。母亲拿着针线，在为我钉风衣的纽扣。当她轻轻地把风衣披在我的身上，目光滑过我的前额时，突然叫了起来："你怎么长白头发了呢？不要熬夜，写文章费心血，吃好点……"说完，就从我的头上挑出两根白发，放在手心。

母亲开始唠叨起来。

我不断点头，猛一回首，映入眼帘的，是母亲飞霜的两鬓。而那两根白头发，却在母亲的手心，系成了一个美丽的爱结，绕在我的心底。

四

我也当了母亲了。

那次地震后回老家，母亲看到我，满是皱褶的面庞因笑容而愈发紧密，眼神出奇地闪亮。她先弯腰从坛子里拿出几颗糖、几块糕，又抓出一把胡豆和花生，执着坚定地堆放到我手心：在她眼里，我永远都是那个在院坝外橙子树下等着她赶场回家要糖吃的黄毛小丫头！哪怕我也做了母亲！守着我吃了糖和糕点，母亲然后很满足地先带我到池塘里看她养的鸭，又去后院看她喂养的猪，谁能相信这是一个年逾七旬的命运多舛的庄户老人：自幼失去生母、年少失去父亲、中年又失去丈夫的母亲，是那么的乐观坚强，那么的朴实善良！

母亲一直守着这片热土，她是在陪伴着家里的两个亲人啊：为村民劳累而逝世的父亲和英年早逝的哥哥！

晚上，她给我煮最爱吃的腊肉排骨。每次回家，她都满心欢喜，恨不得把家里所有的东西都煮来给我们吃。

"外婆把红苕和土豆埋进灶膛深处的炉灰里，又麻利地塞进一把柴禾，然后在熊熊的火光中，在噼里啪啦柴禾欢乐的歌唱声里，土豆和红苕散发出甜美的香味。外婆用粗大的双手掏出这美味的食物，然后把爱和温暖也一起盛进了我心里。"这是女儿的作文，让小朋友们默然落泪。我烧火她煮饭的时候，看着她皲裂的双手，我真的很想哭。我能从当初这个狭小的家门走进大学的校门，能在城市高楼大厦写字间里主编报纸，能在人生绚丽的舞台上尽情歌唱，都是她这双粗糙而厚实的双手托举的啊！

晚餐时,她坐在桌边久久不动筷子,只用怜爱的眼神,看我这个属狗的人啃骨头啃得那么津津有味。

晚饭后,我先上床睡觉了。母亲居然摸黑从田里剥回成熟的青豆,放在瓷碗里细细地捣碎,慢慢地研磨,居然在半夜给我做出一碗清香甜美的豆腐脑来。

母爱,总是在不经意间,就像春雨般慢慢渗透进我心里,融化进血液,成为永恒的记忆!

五

那天晚上,我久久地握住母亲的手,用生命写下一首无言的诗:

> 如果有来生,
> 我愿意是一棵树,一叶草,
> 只把永远的绿色,留翠人间。
>
> 如果有天堂,

我愿意是一只鸟,一尾鱼,
只把自由的遨游,汪满苍穹。

人之中,
越来越承受不住太多的生命之重。
悲也在,喜也难。
无语噎。
奈何,奈何,渺小如粒!

母亲,我多么想幻化成九天的一神,赐给你永远的微笑,永远的无忧和生命!

我的大哥

邹安音

一

白色的天花板,白色的墙壁,白色的灯光映照着白色的床单。大哥脸色苍白,面无表情,双眼紧闭,躺在病床上一动不动。才五十五岁多点的他,头发已经花白,额头光秃,颧骨高耸,两颊深陷,胡子拉碴。他的身子瘦骨嶙峋,足部和小腿却肿胀得厉害。

大哥是昏睡过去了!

我守在床边,无助地注视着心电图的

几根波浪纹。我只知道有根波浪纹的跳跃指标超过正常人的几倍，那是从大哥心脏内发出来的。而我的心也一直在那根波浪纹的线上漂浮，一刻也没有安稳下来。

一会儿，穿着白大褂的年轻医生进来了。他刚从重庆医科大学毕业，因为成绩好被分到双桥区最好的人民医院。这几天，我每次看这个年轻的医生从办公室出来，从医院走廊的那一边走过来，我都紧紧盯住他手里的化验单或者药品，大气都不敢出。我留心着他脸色的变化或者眼神的变化，希望看见些亮色，可是他语调一次比一次低沉："病人肺气肿引发心力衰竭……"

此刻，我能清晰地看见我内心的影像，灰蒙蒙一片，像沉沉压下来的乌云，让我窒息。我差点没喘过气来，赶紧伸手打开了病室窗户，外面漆黑，夜色狰狞，朔风像刀片一样刮过来，从我的心上划过去，好疼！泪水瞬间打湿了我的脸，我看见那白色的刀片闪着寒光，划开大哥单薄的身子，大哥就倒在了山坡上。

山坡在老家，老家叫高家店。高家店位于大足到邮亭的公路边，是邮亭镇天堂、红林、碧绿、烈火等乡村交界之地，我童年时候有小学校、零售商店、卫生所、磷肥厂、川汽厂一个车间和家属区几栋三层楼房等，它们的模样至今仍牢牢盘踞在我脑海深处。高家店今天只留存地名，小学校搬迁到了镇上，卫生所并到了镇卫生院，磷肥厂因为污染环境被关掉了，川汽厂的车间和家属区合到位于临近双桥区的分厂，最近几年被整体迁移到了重庆总厂。一条高速公路直端端地通过高家店，碾压了我所有的童年记忆，链接到大足动车站。而大足动车站原本叫邮亭火车站，月台上有几株夹竹桃，总在春天开出艳丽的花朵。它是老成渝铁路线上的一个重要站点，北上成都南下重庆，大足石刻申报世界文化遗产成功后，它就提档升级了，名字因此也改换。

从高家店到老家，大约要走两公里的土路。过大邮公路左边的川汽厂家属区、小学校和一个大院子，然后过晒场、竹林、山坡、水田、小桥，就到了。老家有两姓四户人家，邓家和邹家，邓家兄妹俩，邹家弟兄俩。面水靠山，山环水绕。

山坡连片，一分为二，阳面是我们所居住的前进村，阴面是本家叔公所在的碧绿村。坡中有大片竹林，其下皆为各家自留地，以及各宗室祖上坟茔。我家自留地下有一水井，供方圆几公里人饮用数年。水井毗邻偌大一块田，田下是小河，一年四季潺潺不休，汇聚到其下的张家高洞子水库了。

这样的景致就像一幅山水画，从小到大都镶嵌在我的脑海，也被岁月装裱成泛黄的相片，一直挂在记忆的那头。直到镜框被打破的那一天。

是姐姐的声音让我听到那玻璃镜框破碎的声音。姐姐和我都沿着那条两公里的土路走出了前进村，走过了高家店，走进了邮亭火车站，走到了都市上大学。姐姐西南农大毕业后几经辗转最后如愿以偿，在双桥区农业岗位上工作。她告诉我老家要修一条八车道的快捷通道，从大足石刻宝顶山而来，直通大足动车站，老家的山坡将会变成平地。

那山坡地像沧桑的老人，驻守了一辈又一辈，一年又一年，无言地看护着竹林、自留地、水井、坟茔、水田、小河……还有一个个大院子。此时山坡地的命运也被一分为二，阳面的前进村被整体迁移，阴面的碧绿村基本不动。

那时候，邓家两户人家已不在乡村，哥哥一家打工到了城市，妹妹一家随川汽厂工作的男主人到了重庆。叔叔家买房到了双桥区，只有母亲和哥哥还在镇守着凋敝的院落。

母亲舍不得老宅，舍不得竹林、坡地、水井、田土和小河，总想着在乡下多住一天，大哥很是无奈。但是祖上坟茔得迁移，镇上的工作人员来了几次了，其他村户人家的坟茔已经迁移到双桥区后的巴岳山了。

那天迁移爷爷和婆婆的坟茔，宗室很多人都来了。天上下着大雨，大哥一个人跳下了坑，虽然他腿脚有点不方便，右腿有一点瘸，但他还是义无反顾地去捡拾婆婆爷爷的骨头。婆婆爷爷合葬在我们自留地菜地边，父亲是长子，大哥是长孙，大哥在宗亲、村上所有人眼里都是傻乎乎的形象，所以他跳下去时大家都没有阻拦。

大哥一根根仔细地捡拾着骨头，身上被打湿了，冻得瑟瑟发抖。当天婆婆爷爷被重新安葬在巴岳山。政府正在双桥区新建电梯公寓，以安置失去土地的村民。劳作了一辈子的村民们，就要远离面朝黄土背朝天的生活，大多很高兴，纷纷在郊区租房过渡。大哥也租了几间屋，准备和母亲一起过城里生活了。但是当天大哥回到出租屋后就感冒了，咳嗽不已，他本来肺就不好，也许是每天抽很多劣质烟留下的病根。

二

大哥毫不犹豫跳下爷爷婆婆坟茔捡拾骨头时，人们都觉得他很傻，也都习以为常。打我记事时起，他就不讨周围人喜欢。老人们直接喊他名字，小孩儿也直接称呼他，当面奚落和嘲笑他，从不转弯抹角，似乎没有人敬重过他。从他的童年直到生命终结前，"学娃儿"这个称呼一直伴随着他。

他傻得很出奇。初中毕业后，作为邮亭镇前进大队少有的文化人，大哥被选进大队医疗室当了赤脚医生。我那时正在小学读书，教室旁边就是医疗间。大哥从不准我到那里去拿东西，我很羡慕同学，他妈妈也是赤脚医生，常常可以溜到那里去抓红枣和枸杞吃，有一次他给了我几粒吃，甜甜的味道让我欲罢不能。在他的怂恿下，下课后我鼓足勇气走进去，没想到大哥铁青着脸，毫不客气地把我轰了出来。大哥生气的时候感觉长头发也在凌空飞舞，他经常不爱剪头发，也懒得打理，爱美的母亲总是很生气。他生气的时候眼睛鼓得圆圆的，甚至能看见眸子里的红血丝在颤动。大哥爱熬夜，他常常看书看得很晚，几乎没有人知道他看的是什么书，厚厚的书堆满了我们家的书架。

书架是大哥自己砍下院墙边的竹子制作的。大哥身材矮小，行动不便，是我们几兄妹当中最不起眼的一位，但是一双手却骨节粗大厚实，能用竹子编箩筐、背篼、锅盖、花篮等很多东西。每到过年，他和二哥就会背了编好的竹制品去赶集，卖了的钱用来置办年货，给我和姐姐压岁钱。院坝周围的竹林，是父亲亲手栽种的，茂盛挺拔，哥哥们划拉竹丝的时候，我总觉得是父亲在和我们耳语。我以为这竹林一直都会这样生长下去，永不消失。

……

母亲这辈子总是懊恼，陷入自责中，她说有次冬天父亲病重时无法照料大哥，就把童年的大哥扔家里任其玩耍。那天大哥在洗澡盆里装满水，在盆子里嬉戏了一下午，晚上满口胡话、高烧不止。母亲放下病床上的父亲，又把大哥送进医院，全力抢救。大哥病愈后发育迟缓，腿脚不灵便了，此为大哥生平第一劫。后来村民们就传说大哥是被抽了脑髓的人，是"哈儿"（重庆方言：傻子）。

　　父亲去世后，母亲一个人支撑着家庭，大哥当赤脚医生是挣工分的，这给母亲减少了一分压力，她脸上的笑容渐渐多了起来。赶场天，大哥把箩筐、锅盖等竹制品挑到乡场上变卖后，买回一大堆书，还有画纸、颜料等。母亲不高兴了，"这个能吃哇？"她常常责怪大哥，大哥不做声，母亲气得没有办法，只好转身回娘家借粮食去了，那个时候我们家常常青黄不接。

　　我很高兴。下雨天，是大哥最喜欢画画的日子。我看他仔细磨墨，砚盘是用碎碗的碗底做的。他最初只画黑白的画，有山，有树，还有老虎。"真正的老虎是什么样子的？"我很向往他画里的世界。"你长大后就看得到了，大城市的动物园有，我也是在书里看到的。"大哥安慰我说。等到我们家左面的墙壁贴满了黑白的山水画后，大哥开始画有颜色的画了。他偷偷敲碎了几只碗，把碗底做了砚盘。母亲回家看到满屋的纸画，几个砚盘的颜料，破碎的碗片，"你就是个败家子。"她气不打一处来。

　　母亲没想到更让她生气的是后来发生的事儿，大哥竟然辞掉了人人羡慕的"铁饭碗"赤脚医生，回家了。我到现在都不知道他为什么辞掉这个工作。他回家后却依然尽心尽力帮大队的人看病，给邻居邓婆婆打针，上大山采草药。我从小就认识很多草药，知道夏枯草清热、灯笼草祛毒、麦冬健脾开胃……大哥有次神秘地告诉我，自然界的万物都有药性，就要看怎么配搭，砒霜是剧毒，可以毒死人，做药引子也可以治人，我将信将疑。

我对大哥的书架特别感兴趣，没事就胡乱翻阅，尽管还不认识很多字，这当中有医药、绘画等书籍，还有很多我看不懂的"大部头"。有次我问那些厚厚的书籍是什么，大哥说是高能物理，是准备考研究生的资料。一个初中生整天说着爱因斯坦什么的，还要考研究生什么的，连砒霜也能治病？很多人都不相信他的话，都怀疑他是不是脑髓被抽走后连聪明才智也被抽走了，不然怎么总说胡话干傻事呢？这当中也包括母亲，大哥相比二哥的乖巧和懂事，是母亲最头痛的事儿，"哈儿"的标签就这么被牢牢贴上了大哥的后背。

三

年轻的男医生拿了一个氧气瓶给我,嘱咐我等大哥苏醒后让他大口大口吸进去,以稀释肺里产生的大量二氧化碳。"心肺衰竭了,希望他挺过来。"医生说完也不看我,快步走出病室,也许他还没经历太多的生死场面,面对我倾泻的泪水实在于心不忍。我再次打开窗户,魑魅的夜空像一个狰狞的野兽,又疯狂地朝我扑过来。

大哥似乎清醒了,睁开惺忪的眼睛。他剧烈地咳嗽起来,我赶紧凑上去,用纸取出痰物,又把早挤好的橘子水一点点喂进他嘴里。床头的输液瓶挂了好几个,是治疗他五脏六腑的药物。大哥大小便都已失禁,需要人慢慢服侍,开始请了护工,后来姐夫不同意请护工,说照顾不仔细,军人出身的他便一点点地侍弄大哥的脏物。这些情节被医生说出去后,便不断有被感动的人来探看大哥,都夸这个"老头儿"命好,遇到这么好的亲人。躺在病床上无助的大哥,虽然五十多岁,但是生命的灯火似乎燃烧到了尽头,看起来的确确就是一个沧桑无比的老头儿。

他身体每况愈下。这个过程我是亲眼目睹的，时间和病魔都很残忍，慢慢地，慢慢地像蚕一样吞噬他的肌体，足肿了，腿肿了，腹水增多，意识部分丧失……

姐姐在家做饭，我请了公休假守护大哥，和姐夫轮流照顾他。宗室的人也大都迁移到了城里，生活条件变好，或者买房或者租房住。他们每天晚饭后来看望大哥，"大爸，新房子还在等你入住呢。"堂侄儿等小辈分的人都尊称他，大哥意识清醒时就望着大家，点点头，喝点米粥，说一些高兴的事儿。那个时候，我感觉像是回到了小时候，每到年关，母亲就会杀了全家一年辛苦喂养的猪儿，一半上交国家，一半留给自家吃。年关盛宴是最让我幸福的记忆：宗室的长辈和邻居们都请齐全了，既丰富了我的味蕾，又让我热热闹闹过了一个开心的夜晚。

那时，还是个黄毛丫头的我站在阶沿上，目睹着院坝中央整个杀猪的过程，又喜又怕。二叔却淡定自若，指挥两个汉子帮忙打下手。灶房里，姐姐在一边劈柴，母亲在一边烧水，一年中最好的柴火在灶膛里欢笑，露出红红的脸庞。满屋的水汽，氤氲着欢快的气息，袅娜地升腾，扑向屋顶的瓦片。

整个院坝都喜悦了。狗们乐颠颠地跑过来，三五个小娃儿也循声跑来。大哥二哥早架好梯子，支在屋檐下。来帮忙的两个彪形大汉在二叔的指挥下，把杀好的雪白滚圆的猪儿"吆喝"着挂上梯。

大门被取了一扇下来，搁置在堂屋正中的四根木凳上，等待着与"肉"（那年那月的奢侈品吃食，"肉"即猪肉）一年一度的相逢。猪头被完整地宰割下来，留作祭祖用。两只猪大腿也被割下来，来年它是要用来走亲戚家的。"肉"中包裹的两块亮板油，被二叔撕裂开，放进器皿中。母亲会把它们炼成油，在炒菜时加上一勺，以滋养我们的身体，但我觉得它们其实是一直在养护我们的灵魂。二叔把"肉"一块块割开，在边上戳了个小洞，整齐码放到谷箩筐里。母亲会把它们一块块腌渍，然后挂在灶上和壁上。

掌灯时分，我家一年中最隆重的华宴也拉开了帷幕，大哥端着猪头，还有一小瓶酒、几颗糖等，领着二哥、我和姐姐，按照母亲的吩咐，先在堂屋正中的香案上祭祀，然后到后院竹林地的父亲坟茔上香磕头。家族的人都来了，聚集在院子里。妇女们在厨房忙碌。长辈们上座后，讲述着家族的荣耀和兴旺，孩子们的目光则都落在新鲜出锅的酥肉上，只待那最老的长者一声令下，便要展开舌尖和美食的争夺战。血旺和粉肠煮的萝卜汤端上来了，凉拌的精瘦肉也摆上了餐桌，蒜苗煎炒的肉清香四溢。杀猪匠二叔的剪影，花白胡子侃侃而谈的叔公，穿堂而过招呼应承的孃孃们……一部乡村华年的贺岁片开始上演。

亲人们觉得，这部贺岁片的续演，是要等着大哥住上他的新房子那一刻的。宗室的亲人们都在谈论着政府正在修建的电梯公寓，谈论着与土地的告别，谈论着新的工作和新的生活方式。大哥和母亲已经分到了两居室，每次大哥清醒过来，亲人就会鼓励他要坚强，争取早日住进新房，过上一种全新的生活。

四

大哥期待的生活是什么样子的，我至今仍然不得而知。但是我时常能感受到他心中燃烧的火苗，在我们那个一度破旧的小院和屋子里升腾。总之，他一生都在折腾。

辞去赤脚医生后,大哥在人们眼中消失,神秘失踪。只有家人知道,他不知道从哪儿得来的消息,去了三峡长江边的一个花木林场,去学种植技术和嫁接技术。当社主任的父亲在世时一直有个愿望,希望前进村花木满山满坡,我在村小学上学时,每天依次要经过的山坡头都是父亲在世时命名的,桐子坡、柑子坡、桑树湾……父亲去世后,那些桑树、橘子树等都已经老化了,稀稀拉拉地生长在山岗或者山湾,还有很多被村民砍了或者偷回家当柴烧。大哥很心疼,经常大骂那些砍树的。

在大多数村民们的印象中,大哥除了傻,还犟,啥子事都敢说出来,想做一件事九头牛都拉不回来。所以村民们砍树都不敢当着他的面,生怕他的大嗓门一下子就给捅出去了。不过我经常沉浸在大哥描绘的盛世前景里:满山的果树,满池塘的鱼儿,满地的庄稼和瓜果,道路宽宽的,直接就从后山坡穿过去了,而且雨天我再也不用趟一地稀泥上学去了。

"你看看,这是日本的动车。"有次他买回一张画,指着尖尖的车头告诉我,那个时候,我第一次知道我们生活的天空很大,我们的世界不只是前进村邮亭镇大足县,除了中国还有外国,除了冒烟的火车还有发电的动车。我心底对大哥是有一点敬意了。

两年后,大哥回家了。不过此时生产队已经实行田产责任制,土地都包干到户。村民们各自分到承包地,第一件事便是把田埂边和地角里的树砍了,整理得平平实实,不见一根杂草。母亲欢天喜地,虽然分到的地很远,几乎就在生产队的最偏远地方,毗邻铁路,但这丝毫不影响她高昂的斗志和热情。这些年穷怕了,在自留地里怎么也刨不出二两黄金,母亲便把这满心的希望寄托在了承包地里。恰此时二哥高中毕业回到了家,帮助母亲承担责任。

那年八月,当沉甸甸的谷穗垂满金色的原野,村民们的笑脸就像花儿一样开满山岗。人们顶着烈日收割,没有人埋怨苦和累。黄灿灿的稻谷堆满谷仓,稻草垒成草垛,像金色的蘑菇装点着山村秋色。吃新米饭那天,照旧是大哥端了猪头肉,带着我们去父亲和祖上的坟茔祭祀。当年的祭祀很隆重,母亲买了水果,这是以前从不曾有的奢侈品。依次祭拜亲人、天地、诸神灵位。

我们家的稻草没有堆成草垛，大哥用铡刀截成小节，用消毒水浸泡，然后晒干；又挑回很多淤泥晒干，一层层码放到猪圈事先搭好的竹筐里。这之后，他拿出几个白色的瓶子，说里面是菌丝，种在淤泥里，就可以长出蘑菇。我很期待猪圈屋出现奇迹，每天看他打消毒水，尽心尽力给他当杂工。果然，就在那个冬天，竹筐里长出一个个白色的蘑菇，这在山村成了轰动一时的新闻，每天到我们家参观的人络绎不绝，来一个大哥就接待一个，还详细讲解怎么种植。大哥卖了蘑菇后就会买回我喜欢吃的卤鸭子等，那年除夕，我们家的盛宴上多出了一道菜：蘑菇炒肉！

第二年冬天，全村和周围几个村的很多人家都种植了蘑菇。蘑菇多了，没有那么好卖了，母亲不禁说起了大哥的傻，全家人都觉得极是。这之后，大哥又种植平菇，人工孵化小鸡，大面积种西瓜……每一样几乎都能成功，可是每一样成功后他都毫无保留地教给别人，搞得自家很被动。我们习惯了他的做法，母亲后来由他折腾，不再管他。那个时候，我觉得大哥就像家旁边那条小河，总是不停地翻起浪花，汇成泉流，跃下堤岸，一直朝前方奔流。他不拘言行，不修边幅，但是心中应该是有梦想的，我隐约觉得。

那时候，小河从什么地方而来我不知道，但是到我们那里就成了几个村落的生命线——淘洗蔬菜，清洗衣物，浇灌菜园……河里还总有捞不完的小鱼小虾。秋天闲暇，大哥二哥从山里采回马桑子，往河里一撒，小鱼儿们轻微中毒，纷纷浮出水面，河两岸的人都拿了渔具打捞丰收的果实。整条河都欢乐起来，几天后小河恢复平静，鱼儿们继续生长和发育。大哥有一次卖了鱼儿，给我买回一个饭盒，那时我已经到镇上读初中，这个饭盒一直伴随我读到初三。

初三毕业时，不知道他从哪里背回一大堆绿色的高笋苗子，栽种到河两岸，那个秋天，河两岸竟然绿油油的，一大片一大片长长的绿叶子在风里飒飒作响，很是壮观。大哥摘了白嫩的笋子，天不亮就叫上我，跟着他到位于双桥区的川汽厂家属区卖。

五

那时双桥区是重庆市的远郊城区，还没有与邻近的大足区合并，傍依巴岳山，龙水湖纵贯全境，国有重型企业川汽厂毗邻龙水湖，有职工数万人，每天需要大量的新鲜蔬菜，我们周围几个村菜农种植的蔬菜大都销售于此。

我家到川汽厂总部有两条路，一条是先走过两公里的土路到高家店，再走七公里左右的公路到双桥区，然后步行四公里公路到川汽厂。还有一条捷径是走三四公里的小路到老成渝铁路，沿着铁轨一直走三公里到长河煤矿，再经煤矿出山的公路走两公里，直到川汽厂。我们选择了后一条路，天很黑，大哥打着电筒，我脚步有点不稳，又有点害怕，但还是咬牙在天亮之前赶到了家属区菜场。

我们家的菜很新鲜，总是吸引买菜人的目光。大哥卖菜哪里是在卖，分明是半卖半送，一是把秤杆翘得老高，二是别人走了很远他还撵过去塞一把，生怕别人吃亏。我们卖完了菜，收拾秤杆正要走时，旁边卖菜人用异样的眼光盯着大哥嘟哝了一句："这是不是个哈儿哟？哪里有这么卖菜的？赚得到个啥子钱嘛！"

我真的不知道大哥这一生究竟赚到钱没有，也不知道他的存折上究竟有多少钱，印象中他不爱买衣服，喜欢买书，喜欢买生产工具，身上总是没钱。

但就是这个村民心目中的"哈儿",干了一件惊天动地的大事,让我们刮目相看。有一次他从川汽厂卖菜回家,带回一张很大的彩色照片,四个人,一对中年夫妇带着一双儿女。大哥说男主人是川汽厂的工程师,外地人,叫周全。从大哥的叙述中得知,一次周全夫妇买菜时觉得大哥憨厚质朴,和他多聊了几句,惊喜地发现大哥酷爱物理书籍,于是收了大哥作为徒儿。

大哥很兴奋,清瘦的脸颊上泛着红光。他特地理了长头发,买了新衣服、新皮鞋,开始打扮自己。装扮一新的大哥看起来很精神,这让母亲很高兴,她似乎看到了大哥娶亲的时刻。因为大哥早就到了婚龄,只因为他的不修边幅,加上村民的风言风语和传闻,还有贫穷的家庭,姑娘们都退避三舍。母亲背地暗自伤心落泪,常常叹气,觉得对不起父亲,没有完成给儿子娶妻生子的任务。

但是大哥似乎始终未把自己的婚事放在心上。"爱迪生还不结婚呢。"他给我说这句话的时候,眼里总是闪烁着奇特的神采。母亲不知道他怎么想的,村里人不知道他怎么想的,他更加勤奋刻苦地读书,总是耽误下田种地,母亲怨言多了起来，这在村里又落下一个不好的名声：好吃懒做！

乡村婚事是一个人生涯的头等大事，男儿在十四五六便开始定亲，二十出头就娶妻生子，错过了好时机，大哥的婚事就这样被耽误了。

大哥的婚事折磨着母亲一生。

六

冬去春来。

大哥不再种蘑菇，种高笋，种西瓜，孵小鸡……他拿起了书本，每天看书看到很晚，也许命运的转机在向着他招手。可就在春末夏初的一天，我至今仍然死死地记得当时的场景，其时我正在邮亭中学念高一，姐姐到重庆上大学去了，她是我们村唯一走出的一个大学生。

我正在上晚自习，窗外有个人呼喊我的名字。我走出教室，二叔黑青着脸站在廊檐下。"二哥病得很重，跟我回家。"他说。"他怎么了？"我带着哭腔问，不敢听自己的声音，浑身发抖,不祥的预感像针刺着我身上的每一个部位。二叔不作声,我放声大哭,跌跌撞撞地跟在他身后,深一脚浅一脚走了七公里多的路程,回到院子就跪在了二哥冰冷的身体边。

我跪在地上不说话,我声音哭哑了,已经不能说话了。家里的小狗叫小黑,是大哥二哥共同取的名字,小黑呆呆地看着我,眼神忧郁,尾巴停止了摇摆。那几天我逢人就跪下,给二哥送葬的人很多,都念叨着他的懂事和才华,这个时候居然就把大哥和二哥比较起来了。等二哥入土后,他能安息吗?多年以后我一直思考着这个问题,但是也不敢去想这个问题。等我直起身子,看看我生活的这个小院时,身边没有了小黑的身影,小黑不知道去什么地方了。

料理完二哥后事,大哥脸色憔悴,突然一下苍老了,身体更瘦小了。二哥在世时,他们两个常常吵架,母亲很生气,村民们也都觉得是大哥的不是。二哥不在了,大哥显得孤寂和落寞,他不看书了,把自己的书和二哥留下来的书全部打捆成册,放在了灶房的阁楼上。此时川汽厂部分车间和位于重庆的本厂合并,工程师周全调了过去,大哥也主动停止了和他们一家人的联系。

大哥又开始种西瓜，种蘑菇，种番茄……大哥是个地地道道的农民了。他不停地抽烟，几乎每天一包，两个大拇指都被烟熏黑了。

1991年9月中旬，我拿到重庆教育学院录取通知书的那天，上午，大哥陪我到村书记家下了户。午饭后，大哥和母亲借了一个人力架子车，准备到所在地邮亭粮站交我的入学公粮。粮食先要从家里挑担走两里的路程，才能到公路上推着架子车到粮站。公路转弯抹角，上坡的时候，大哥拉车和母亲推车的姿势，像一幅绝版画，一直铭刻在我心上。这应该是我最后一次给国家公粮了。一直以来，我都以仰望的姿势看粮站那些过称的工作人员，他们一般都板着脸，绝无笑容。每次过称的时候我们的心都像那秤砣一样沉甸甸的，生怕他们一句"没晒干"，或者"不饱满"而重新拉回去。果然，当"没晒干"那句话硬邦邦地摔过来时，我们三个人都呆住了。恰此时，久违的太阳终于露出笑脸，也烘干了我们湿润的心情。几个人就在粮站的空地上摊开稻谷，赶在粮站工作人员下班前让"它们"顺利归了仓。

到重庆上大学那天，母亲早早做了饭。之后，大哥背着我的棉被，提着箱子，送我走过两里路远的乡村小路，到高家店公路口乘客车去重庆。他从小受了寒湿的腿脚很不灵便，走路比较缓慢，那时我眼里就全是他略佝偻的身影。我提着一只水桶，里面装着一些生活物品，手里紧紧攥着大哥给的七元车费。当车子来的时候，大哥招呼我先上车，然后他把东西一样样搬上来。我坐在位置上，车子开动的一瞬间，回头看见他单薄的身子和张望的眼神，我的眼泪禁不住淌满了脸颊。

车远去，大哥的身子在土路上变得越来越小……而从此，我的路越走越远，越走越宽……

就在村里整体迁移搬家那天，姐姐姐夫开车回家，帮助大哥搬迁东西。大哥第一时间扑向了阁楼上的书籍，"书籍上落满了灰尘，大哥本来给爷爷婆婆迁坟后就感冒了，那天咳嗽不止，不知道是不是灰尘吸入太多引发的肺病。"姐姐忧伤地说。

七

我的假期很快就要结束了。医生下了三次病危通知书，每次看姐姐颤抖着手签字,我的心也跟着颤抖。要不要转院?我绝望地看着姐姐、姐夫,他们摇摇头,转院太不现实了,没有人去照顾。姐姐、姐夫请的假也快用完了,我们只好请了护工晚上照顾大哥,白天我们轮流值守。

大哥脸颊越来越消瘦,腿脚干枯,肚子却肿胀得老高。大量用药,伤了肝脏,腹水淤积,肾功能也受到伤害,已经半边身子瘫痪。他不能说话,意识丧失,蜷缩在病床上,就像一枚风中的落叶,生命是那样摇摆不定。

我给病床上的大哥鞠躬,抹了眼泪,奔出病房,任伤心的泪水在脸上流淌成河。我要回单位上班了,同时接走了母亲。大哥病危,七旬高龄的母亲不哭也不笑,阴沉着脸,每天很早起床上菜市,买回鸡鸭鹅等回家炖煮,然后趁我们不在,趁医生不在,端着油花花的肉汤进病房,给大哥喂下去。她不听任何人的劝阻,坚持说喝肉汤就能让大哥强身健体,就能让他从床上坐起来!大哥呕吐了几次,病情加重了,母亲神志恍惚,经常喃喃自语,有时把门摔得咚咚作响。

回到四川南充的家,我最怕姐姐的电话响起,我不敢听她说大哥的任何事情,但在第三天的上午,我还是接到了她的电话。"医院不想治疗大哥了,喊我们把大哥接回家,我们想把他转到养老院去,用中药调理,我得到了那个藏医的帮助。"姐姐说。

姐夫曾在西藏工作多年,其间认识一个藏医,医术精湛,据说能让瘫痪的病人站起来,但是这位藏医不轻易给人抓药治病,药方也从不外露。

我的心窗突然有了一丝光亮,放下电话,心情久久不能平静。大哥这是第三次站在鬼门关了,我多么希望他的坚强能让他挺过这一劫。

还记得,就在他辞去赤脚医生回家后不久,生产队提升农业科技搞大棚育秧,就是在温室大棚里育出杂交水稻的秧苗,以便春耕时节栽种在水稻田里。那天,村民们要在高洞子水库的边坡上搭建几个温室大棚,大哥从家里扛了一根厚重的木头去援建,当他走到水库边时,不慎脚下一滑,连人带木头就势滚下岩壁……这惊心动魄的一幕恰巧被人撞见,那人连声呼叫"完了完了",当村民们惊慌失措地赶到时,却发现大哥丢弃木头,从岩壁下爬了上来,只是额头上有点血迹。

从此后，每次经过水库边那块岩壁，我都会想起大哥额头上的血迹。

那段时间，姐姐和姐夫奔波在家和邮亭养老院之间。我每天都在姐姐的电话里感受着大哥病情的点点变化。

那段时间，每天我都仿佛站在姐姐旁边，看她抓药、煎药……"必须用秤仔细称每一种药的分量，多一点少一点都不行；必须守着熬，一点都不能分心，每次要熬一个多小时。你知道吗？里面有一种药叫砒霜！"姐姐告诉我！

啊？

八

春天终于来了。

母亲没有一天不叨念着大哥，眼睛总是朝着老家的方向。她有几次问我到重庆大足走路要几天，我吓坏了，生怕她一个人步行回去，家里人每天都提心吊胆地跟着她，随时给她汇报大哥的消息。

奇迹在大哥身上发生了。姐姐姐夫把大哥从医院接走后，医院附近的一个养老院坚决拒收，怕大哥发生不测后承担责任。没想到邮亭养老院的院长闻讯后主动联系了姐姐。原来大哥在当赤脚医生时，曾经治疗了她的疾病，她一直感怀在心。大哥在邮亭养老院里得到了很好的照顾，姐姐每天熬好药后，和姐夫开车到院里，一点点喂给他。

"大哥恢复了神智，可以说话了……"

"大哥的腹水消了，肝功能增强……"

"大哥瘫痪的半边身子恢复了……"

"大哥可以下地了，能在院子里活动……"

"大哥可以喝鸡汤了……"

每一天，听着从姐姐那边传来的声音，我感觉心底的冰河在不断融化，春天的太阳映照着世界，鸟儿的鸣叫是那样婉转，草木的生长是那样欢快。我无数次想象着那些神奇的药，在火中凝练，又融化进大哥的血液，祛除了淤毒。我第一次听说的砒霜是从大哥嘴里蹦出的词语，我现在听说的砒霜却蛰伏进了大哥的身体，像顽强的勇士般，争夺着一个人的生命和活力。

历经生死劫难后,日子很轻松,暑假很快过去,秋天如约而至。那天我开车带着母亲,走进了大哥住的养老院。

大哥正在床上吃葡萄。他想要摘下一颗给我。他下床走了几步给我看。我看见他说话的样子和走路的样子,不敢相信眼前的一切是真的。我想起了我走之前大哥躺在病床上的样子。大哥说今年过年就可以住进新房子了,等身体好了之后,就在双桥区找个工作,好好和母亲生活。这些年,我们越走越远,在人生的舞台上尽情歌唱、舞蹈……大哥却丢掉了所有的梦想,和母亲一起生活,俯下身子,与黄土作伴,把自己变成了一个地地道道的农民。

他永远都是那么"傻"。因为拆迁,镇干部挨家挨户依次测量房屋面积,以补偿赔偿款。当测量到我们老家宅基地时,听说镇干部的绳子没拉直,多量了面积出来,他还吼了人家,坚持去把绳子拉直,把多余的面积减了出去。这在整个拆迁户里都成为笑谈。

当我们告诉他新房子马上就要竣工时,他的眼神突然一下子变得很明亮。接着他从口袋里翻出自己的存折,那是拆迁安置费。望着大哥粗糙的双手,佝偻的身子,我不禁想起了老家的竹林、晒场、水井、自留地、芭蕉林、坟茔……这一切，都被一条八车道的公路和一片工业园区覆盖，大哥的存折封冻了我们家的往事。

院长是个中年妇女，给大哥提了开水进来，又把洗得很干净的被子拿了进来。她说起当年大哥治病的事情，感激不尽，大哥像个小孩子，不好意思地笑了。

大哥这个笑容，是他在人世间留在我脑海里的最后一个笑容。

九

秋转凉，冬天很快来了。

大哥只要身体好点，就要去镇上的茶馆喝茶。茶馆里聚集着村里的很多人，一旦日出而作日落而息的生活规律被打破，一时半会儿又找不到别的工作，他们仿佛无所事事，每天靠打麻将和聊天生活。院长和我们都怕他着凉，以免感冒引起咳嗽，一再叮嘱他不要去，可是谁都拦不住他的脚步。

或许养老院的氛围不太适合他,或许他又太急于适应新的生活。

姐姐依然每天煎药,送药。

有天晚上,大哥在院坝里坐了很久。谁都不知道他想了些什么,晚餐时也吃得很少。院长说,大哥的心情很低落,她招呼他,他脸色很青,没有理睬。

第二天,接到姐姐的电话,大哥感冒很严重,可能受凉了,咳嗽得厉害。之后大哥又住进了医院。

"大哥晚上放声大哭,上次他在医院受到那么多折磨都没有哭。"姐姐说完,我早已经号啕大哭起来。我仿佛看见大哥像一枚叶子,在风中凋零。

第三天晚上,我突然心口疼痛,被噩梦惊醒:老家小河涨水,我的书包掉进了河里,大哥赶来拾起了书包,我喜极而泣,但是就在我一转身后,大哥却没了!那天早上我就接到了姐姐的电话:大哥半夜没了!

我立即赶回老家,全村的人都来了,他们都成了城里人。

他们敬称着大哥的名字,念叨着大哥一件件的往事,眼泪就流下来。我跪拜在地,就在巴岳山下的一间屋子里,大哥安静地睡着了。

他一定有很多梦想,他一定是在静静地等待明天的朝阳升起!

乡间少年

胡志金

冬天的时候,我来到了一个叫铜罐驿的山区。铜罐山区是红橘的故乡,每到冬月,遍山皆是红绿相间的硕果累累的橘子。

街上离少年的家大约十里,来是下坡,去是上坡。这时候我看见了少年的脸,一张清秀的脸上充满了稚气。我没问他的名字,他看起来有些内向,留着城里中学生样式的中分发型,当他脱去衣服躺在床上时,我看见他胸膛两边的肋骨根根分明。

这一夜,我睡得很沉,醒来时天已大亮。一张蓝色塑料布遮挡的窗户上时不时漏些风进来。少年不知道什么时候已经走了，大嫂说："这阵恐怕要到学校了。"

现在，铜罐山区的红橘又红了，少年还在山间行走吗？我再一次回到那里。

那是一年春节，我回到了故乡，少年已不再是少年，他已长成了一个大小伙子。问他在哪里高就，得到的回答是在城里修车，混点饭钱。夜里，我躺在床上睡不着，便站了起来，思索着白日里的对话，不知道小伙子在城里修车是个什么模样？夜幕下的重庆铜罐山区，夜风怒吼的泥墙瓦房里，四周听不到一点城里的喧嚣。

站在这样的房檐下，朝远处眺望，漫天的星斗，一河的流水，白日里见到的崇山峻岭和乡间石板路都没有了踪影。多站一会儿，就感到一股寒气，只好回到屋里，厚厚的泥土墙把夜风和寒气挡在门外，信号不是很好的电视上，虽是闪闪烁烁，但一家人却看得入了迷。到了下半夜，只听见一只尿桶里响起了跳荡的淅沥声，老鼠也在房梁上乱窜。忽地，闪着绿色双瞳的猫追了上去，在夜色中哗哗地响了好一阵才止息。

就是这天晚上,我半夜醒来时看见了一个人站在床前,看不清是男的还是女的。我非常震惊,斜斜地躺在床上,眯着眼睛偷偷地瞄着,看了许久才看清那是一个道姑模样的女子。她站在小伙子的床边喃喃细语,而床上的人也慢慢地翻坐起来,与她相拥在一起。而后,那个影子在床边站了一阵之后,慢慢地退去。

少年睡在里屋,谁也没有去叫醒他。他的母亲说,少年经常梦到一个女的,说是青城山的道姑。我好奇地问,那道姑是谁呢?少年母亲说,道姑现在还俗好多年了。

黎明时分,柴火燃烧起来了,火苗映在乡村的泥土墙上,显示出一个女人拿着火钳坐在石头和草甸上的影子。少年的母亲坐在泥土墙边,手里握着火钳,眼睛看着灶里的柴火出神。柴火映出的是她的一张曾经极秀丽的脸。

华福路，幸福路

胡志金

这些年我一直夹着包在城乡接合部行走，时而仰望天空，时而低头疾行。远方蓝天如洗，白云朵朵；当我挺直了身子大步前行时，听得见远处歌舞升平的世界里响起的袅袅歌唱声。

我已经很久没有回故乡了。那一天，我从西彭镇往杨家坪方向走，那时候的华福路工程刚刚启动，在满目的绿树丛中，山上山下到处拉着横幅：华福路，幸福路。

即将打通的华福路是铜罐山区通往主

城的最便捷的道路。但在这条幸福路还没有竣工之前，自然还得走老路，远郊车在驶往西南医院的山巅公路上爬行，风景很单一，一路上只听见汽车发动机的轰鸣声，像喘气的黄牛。就在一车人昏昏欲睡的时候，坐在我对面的一个姑娘忽然睁大眼睛往车窗外眺望。这时坐在我并排左侧的一个小伙子从容地先掏出一个本儿，再慢慢地摸出一支笔。姑娘的脸转了回来，估计是在计算下车的时间还有多久。小伙子的笔先递了过去，另一只手上的本儿同时也递了过去，双方都没有说话。汽车还在往顶上爬，姑娘婉言谢绝了："我不认识你嘛！"

小伙子不动声色地笑笑："这阵就认识了啊！"

而姑娘并没有领情，转过头去望了望车窗外的风景。

姑娘在西南医院下了车，头也不回地走了。我鼓励小伙子也下车去追。但他显得很犹豫，最终还是没有下车。

这时我问小伙子在哪里工作，和那个姑娘认识吗？

小伙子答非所问地说："只是想试试。"

这条道上每天都有进进出出的少男少女往城里走，或从城里回到偏远的乡村去，这样行走在岁月的流转里形成了一道风景。来来往往的人彼此多有一两次照面，有的成了朋友，有的成了恋人，而大多数人还是擦肩而过。这时候我主动要了小伙子的电话,希望能够和他成为朋友。

电话留了很长一段时间之后。突然有一天,我的电话响了,是一个姑娘打来的,她说她认识我,想让我帮她在杨家坪直港大道附近找一个工作。我没有问她是怎么知道我的电话的,我想现在一个人要是想得到另一个人的信息已经不是一件困难的事。我和姑娘约定在杨家坪步行街见面,果然是那个华福路车上的姑娘,穿着挺时尚的。

我首先问姑娘:"你能够做什么?"

姑娘说:"就是没有啥技能才来找你呢!"

我说:"那就到餐馆端盘子吧!"

姑娘马上拒绝了:"这样的工作我还需要你找吗?我想到你公司学点东西,上次在车上我就注意到你了,你胳膊下夹着包,我想你一定是个老板。"

后来在我的推荐下,姑娘到我朋友的公司里搞内勤。一来二往,我和姑娘比较熟了之后,我开玩笑问到华福路车上被她拒绝的小伙子的事。姑娘这才说出了心里话:"其实我和他也算认识的,为啥没有给他留电话呢,你想车上那么多人,好笑人喽!不过现在想想感觉还是有些遗憾的。"

我说:"你现在还想联系那个小伙子吗?"

姑娘说:"试试看吧!"

说实话,这时我竟忘了自己有他号码这件事,也一时间没有再看到那个小伙子。

一年过去了,春节期间,我在华福路的车上见到了这位小伙子,对他说了姑娘的想法。小伙子先是愣了一下,然后也说:"试试看吧!"意外的是,姑娘也在这辆回乡的车上,我为他们这次奇妙的重逢感到高兴。他下车后回过头来向我挥手再见。我回头观察姑娘的表情,姑娘却说:"其实我后来在车上和路上见到过他好多回了,但真的没有感觉!"姑娘的这句话让我猛然醒悟,我是不是太过热情了?

我把这个故事讲给好多人听,听的人一致误认为故事的主人公一定是我,其实是我说的时候故意绕了一个圈子而已。

小镇三日

胡志金

中午的太阳温暖如春，528次列车渐渐驶离成渝线的金刚沱车站。突然，从站台上奔出一个乡村少女，大步追赶火车！

我从车窗探身出去时看到了这个情形，少女手提布袋，紧紧地追赶着渐渐加速的火车。她也在加速，脚下穿着一双解放鞋，我在车窗里看到这个勇敢的乡村女子，猛的一下抓住了车厢门边的把手，跃身一纵，斜斜的身子已经稳稳地跳上了车厢。这时，列车已经加速，越来越快，刚刚驶出金刚沱车站就长长地大吼一声。一股风从车头刮过来,我一下闭了眼,只听到车轮在钢轨上跑起来的欢快声。当我再一次探出头去寻找那个姑娘时,早已没有了踪影。

甩过一个大弯,绿皮火车呼啸着,前面的江山一掠而过。我想了想,离开座位去寻找那位勇敢的少女,没想到刚刚走出一个车厢就在车门边看到了。

她紧紧地抓住车门的把手,疾风吹着她的长发,手上那只红色的布袋还挂在手腕上。这让我想起了秦怡扮演的《铁道游击队》中的女游击队员,夕阳西下,在微山湖上,静悄悄的,弹着心爱的土琵琶,唱起那动人的歌谣。

车到白沙,火车渐渐减速,明显慢了下来,我刚刚和少女交谈几句,没想到就到站了。姑娘说:"我是回白沙的家去。"

"你每次回家都是这样跳车吗?"我问。

姑娘站在车门边,不回头地说:"基本上都是,习惯了。"

话刚说完,少女飞身弹出,在广袤的宇宙间划过一道星光,又如同一粒晶莹剔透的露珠瞬间即逝,就在一眨眼的工夫,绿皮车厢车门边的这个少女不见了,我迅速往车下看,姑娘已经大步走在了站台上,并回头朝我摇了摇手。

我问过列车员，这个刚刚从睡梦中醒来的中年妇女漫不经心地说："多得很！都是不想买票的人！"

"他们就不怕危险吗？"我问。

"怕危险，那就不会跳车了。"列车员提着一大把钥匙走了。

成渝线上的小站，经常上演如此精彩绝伦的飞车故事，听车窗内的人说，这趟车就是专门为农民工开的，速度慢，站站停，但是还是有好多人就是不买车票，火车上的人也习惯了，多收少收，反正不影响自己的饭碗，只有国家的利益受到了损失。

这是1992年发生在成渝铁路上的事，尤其是长江沿岸的小站几乎不赢利了，这大大方便了住在附近的乡民。这些乡民几乎都是背着包，打着伞，出门在外，让人想到了人在旅途中的艰难，想到了回到家后的温暖。

就是这一天，下了火车，我沿江往下走，准备到对岸的白沙镇去，便横江过渡，乘着小火轮突突地朝长江对岸的一个渡口开去。两岸江山如画，江上流水清澈奔泻。几分钟后，船靠在了对岸的一个巨石滩下，回望长江，仍是那么一望无垠。

白沙就在船头的顶上，已经看得见密集的房屋。在经过一段时间的铁路旅程之后，忽然间看到远离闹市的成渝线上的集镇，于是便有了迷茫中看见北斗星的感觉。

白沙镇的岸边是一排排挑夫，挑夫不分男女，一人挑一担黑煤，一步一步朝坡上走。这时候你就能感受到民间疾苦，真正看到来自底层的百姓生活。

一条长长的斜坡上，河风劲吹，青山绿岸别有一番风景。四周寂静且空旷，越往前走，越看不见一个人影。

就是这时，一个姑娘走近了。首先映入眼帘的是一把有机玻璃把子的雨伞，然后是一头青丝如泻的披发和一张秀美的脸庞，她急急地朝前走。从我对面走上来，真正与我擦肩而过，没有回头。

渐渐爬上坡来，我看到了古镇白沙。白沙是国家级历史古镇，已有五百年的历史。白沙的街很特别，从下面往上看，可以看到街分三层，层层叠叠的街市让人眼前一亮。

办事完毕，第二天折返。在下了轮渡之后的一条煤灰路上，我看见了昨天那个匆忙行走的姑娘，我们仍没有搭话。火车进站后，她一直往前走，并不急迫。买过车票，我转过身来，发现姑娘就排在我身后。

小站买票的只有两三人，我主动问道："去哪里？"

姑娘并没有我事前想象的那样羞涩或者反感，微笑着对我说："回油溪的家。"

小站很是寂寞，周围几乎没有人走动。离火车进站还有几分钟。

我问："在白沙工作？"

姑娘说："是的。昨夜上了夜班。"

火车来了，是跑了很多年的老式火车，我和姑娘站在车门聊天。姑娘说她姓王。

这时我突然想起来了，聂帅的老家不就在油溪吗？小王对此不太在意，说油溪人都晓得。

小王是白沙某企业的电工，眉清目秀，皮肤白皙，很有一股小镇人的灵秀之气。车到油溪，小王匆忙离去，朝我挥手告别。

许多年之后，偶然间回忆起清秀的小王姑娘时，仍是那一幅在古镇流连忘返的情形，亲切之至。

现在，小王应该也是近半百之人了吧。

下一站是冬笋坝，火车进油溪站时还不到中午。

冬笋坝的名称应该叫铜罐铎镇，这里离重庆主城更近了，也有了汽车进城的身影。冬笋坝一条街上车水马龙，发廊小屋比比皆是。街上走动的大多是当地人，倘若你随意在街边一站，就会听到此伏彼起的问候声。

有一年路过冬笋坝，有一户余姓人家。大女儿穿一身牛仔衣裤，港派风格，手里握着熨斗在熨衣服，听到问话声时笑容可掬。次女美丽动人，脚在缝纫机前嚓嚓地踩动。屋里灯光熹微，勾勒出余姓女子的窈窕身姿以及两个女儿一溜儿倾泻于双肩的长发。

冬笋坝的清晨，没有浓重的色彩，百货公司也早早地开门了。

这时，我注意到了百货公司门边的一个地摊。地摊摆在一棵梧桐树下，这位摊主两臂抱在胸前，一副大义凛然的样子，眼神安定。我走到地摊前，摊主和颜悦色地问："买点啥吗？"

我看了看地摊上的东西，全然没有在意，反而对摊主的口音产生了兴趣，问："您是贵州人哈？"

摊主一下就笑了，说："我哪是贵州人喽！是云南人！"

她笑起来，双手仍抱在胸前。

"您背这些东西从云南到四川来卖？"

女摊主指了指东边，说："我才没那么傻呢！就是在那边进的货哟！"问到她是否待业时，她大笑着："我都待业几十年了！"

这时，女摊主放下手臂，拍拍手说："我们到哪里去找工作哟，都是自己找饭吃！"

我望着这个从云南漂泊到四川铜罐铎小镇的中年妇女，说："你会发达的！"

她说了一声谢谢，又说："人能处处能，草能处处生嘛！"

浓重的云南口音留在了冬笋坝，留在了成渝线上的这个小镇的一棵梧桐树下，令人深思。

到冬笋坝，我又去了《胡氏起源序》中记载的族人那里。见到了一个胡氏家族中的年轻人，已有了家庭，我们在银行门外的街边说话。这个从未见到过的族人挺腼腆的，他说："原来想请你吃个饭的，今天要开会，马上就要走。"他又说银行有规定，银行职工不得留宿客人，于是族人不好意思地向我解释道。我表示理解并友好地和他握手告别。

此去再过冬笋坝，余姓女子只有大女儿在家，已见洗尽铅华，一小女绕膝啼哭，长相十分可爱。大女儿见到我后非常热情，又是端茶，又是倒水，足见小镇人的朴实。问到次女时，老太婆说："现在在重庆打衣裳。"

我在余家的门边坐了一会儿，端着她们家送来的一杯水，虽然还一点没有喝，就感受到了冬笋坝人的友善。平常，总有人说自己善良，我常常想，这个话不应是自己说自己的，应当是别人对你的赞赏。

父亲的乡村

张儒学

一

父亲在我心中,像一座山,高大深沉;又像一棵树,坚强正直;更像一叶草,朴实无华。

父亲只读了两年书,能认识一些字,在当时还算队里有文化的人。无意中,他被选为生产队会计。当会计不是一件容易的事,算来算去,来不得半点马虎,得认真仔细。计工分分粮每一个人的名字得写清楚,当真难到了父亲。一直不怕困难的父亲,不会就学,不懂就问。父亲从事会计工作十多年,收入支出,项项账目清楚,从不违法乱纪,不差群众一分一厘,背地里社员从没说过他不好。

尽管当会计的父亲,当时在别人眼里是红人,但我们家里并不比别人家里富裕。一年三百六十五天不是煮红苕,就是野菜汤。一块红豆腐,吃了几天,还好好的,原装不动,只用筷子在上面沾一点点盐味儿,舍不得吃。有些天甚至还只吃两顿,晚上蜷起腿,忍着寒冷和饥饿就睡了。父亲梦中咂着嘴,吃着香喷喷的白米饭,脚一蹬,醒来,泪流满面。春夏秋冬,一年四季,父亲一套劳动布衣服补了又补,寒冬腊月还打着光脚,开会做客也是这样。

尽管父亲在队里当了个"小官",但他却是一个十分热爱劳动的人。原本他当会计,有些农活他就可以不去干,但他总是抢着去干,而且干起活来比一般人还干得好。父亲还是个手艺人——石匠,除了去给人打灶修猪圈,他还有空就在山坡上打石头。从我记事时起,父亲在山坡上打石头的"叮当"声和那打大锤的"嗨——嗨——"声,把我从梦中叫醒,也似乎把整个山村叫醒。随后，整个山村便在那粗犷而洪亮的石工号子中，在那十分优美而有节奏的叮当声里，开始又一个忙碌而有序的一天。

有时，很小的我也跟着父亲到他打石头的山上玩，看到他用手锤一锤一锤地打石头的情景，觉得很好玩，我想：长大后，我也要做一个像父亲一样的石匠！那火辣辣的太阳似乎距离父亲是那样的近，他淌下的汗滴，也像一个个火热而芳香的小太阳，落在乱石上，落进泥土里，落进了我的记忆中。

特别是父亲打大山时的情景，更是地动山摇。他那粗犷而洪亮的石工号子声，惊动了山里山外，有的人还放下手中的活儿，静下心来听父亲那动听而雄壮的石工号子，这似乎也是一种莫大的享受。歌谣似的吆喝着："啊——嘿——喂——哟——嗬！"然后，只见他站在高高的石崖上，扬起几十斤重的、远远看去几乎触及到了蓝天的大锤，"嗨——"的一声，把大锤撞在嵌进石缝中的铁楔子上。如果冷漠的石崖还是板着面孔，父亲又扬起大锤，更是屏足力气，气贯长虹般地吼一声："五——雷——四——电——来了哟！"这时，冷漠的石壁像被吓住了，开成了晶亮的瓣瓣。

就这样，父亲用他那粗犷而洪亮的石工号子，支撑起我童年幸福而快乐的梦想。父亲因此在村里成了远近闻名的石匠，有的人请父亲去修房子，父亲就用那一块块被太阳晒得晶亮晶亮的石头，给他们垒筑着一个温暖的家；有的人请父亲去打灶，父亲就用吮吸了山水灵气的石头，给他们做成了一个越烧越旺的灶，随后，在那一个个飘浮着炊烟的日子里，充满着花一样的香，浸透着果一样的甜……

也许是父亲尝到过没有文化的苦头，不管家里多穷，他仍要我们几兄妹好好上学读书，而且还天天讲、夜夜讲，要认真读书，只有有了文化才能成为有用的人。有一次，我的文章《父亲在我眼里》在市里作文大赛上，获得了一等奖。当我把这带着荣耀的获奖证书拿回家，父亲赶忙给我贴在墙上，然后对着那张红红的获奖证书看了好一阵后，他的脸上露出的如朝霞般开心的笑容。

二

在土地分到户后，父亲更是勤于自家的农活。他起早摸黑，脚步从未离开过他生活的这片土地,那田里土地里都常见他忙碌的身影。

每到春天,"一九二九怀中插手……五九六九沿河看柳。"似乎就在父亲那反复念叨中,变得诗意起来。他总是站在田埂上,尽情地望着那一片田野,就像铺开一张张宣纸,把心中早已构思好的美景,尽情地描绘。

在初春那灿烂的阳光下,父亲那颗沉寂了一冬的心,也像那储藏了一冬的种子,开始跳动起来,他那沉默了一个冬天的表情,又像山花盛开时露出的甜甜的笑脸。他便取下挂在墙上的锄头,扛在肩上走去那片田野,时不时高兴地挖上一阵子,还高兴地说:"呀,这春天的土地还真好使哟!"这片经过一冬沉积的田野,在春天的阳光下苏醒过来,也似乎跟父亲一样欢乐着、高兴着、微笑着……父亲也像个孩子似的,用他那粗犷的声音,大声地唱起来,吼起来:"哟,春天来了!"

"正月立春雨水,二月惊蛰春分……"春分时节该下谷种,被父亲倒背如流的节气歌,就像一首诗点缀着父亲的春天。这时,父亲在用心地计划着,有水的田块就播撒谷种,没水的田块就种下玉米,田边土坎上播下豆子、瓜果……一个个崭新的希望，一个个美丽的构想，在这春天里，被父亲用诗一般含蓄的语言尽情地表现出来。在那田野里，爽朗的笑声，欢快的歌声，播洒种子的声音，似乎是在奏响一首春天的交响乐。

父亲总是默默地做着事，像一头勤耕的老牛。尽管每天起早贪黑，忙着农活，从没看他抱怨过生活的艰辛。在艰苦的日子里，父亲有一句话总是挂在嘴边——"宁愿雪中送炭，不愿锦上添花。"小时并不懂得这句话的意思，到现在才最终明白这是父亲做人的原则。父亲一直保持这种习惯，总是把最好吃的东西留给母亲和我们，他自己吃得很少，看着我们吃得香，他好像很开心的样子，我们喜欢吃的菜他不会去动筷子，而这时我会大大的夹上一筷子菜送到父亲碗里，父亲赶忙说："够了，够了。"其实他一样很快就吃了下去。

父亲心里好像没有恨，他不会计较别人的过失，我也没有看见他和别人红过脸。有时农村里也有争田边地角的事，我家的土边也有被相邻的人侵占的现象，母亲又着急又生气，叫父亲去和他们理论，父亲总是不在意，说少一点又有啥关系，有些东西是争不来的。我以为父亲是软弱、老实、怕惹事，经历了一些事后,我明白了父亲的心胸和处事态度。虽然损失了一点小利益,父亲却赢得了很多人的尊重,捍卫了宽容待人的准则。

这就是我宽容、善良、乐观的父亲,他给我们撑起了一片晴朗而美丽的天空,在这片天空下,我们彼此会默默地传递着关爱和感恩!

三

父亲不但爱土地,更爱他手中的农具。一生都与泥土为伴的父亲,虽然已年过花甲,但他对这些农具,却情有独钟。平日里,住在老屋里的父亲总是取下挂在墙上的镰刀、锄头等农具,像点兵一样一一地清点,本来好好的锄头也要弄来修修,前几天才磨亮的镰刀也要弄来磨磨,上个月才挂上去的犁铧又要取下来擦擦……似乎只有这样才觉得心里踏实。

这些农具中的镰刀,是父亲很小的时候就用上的,那时他是用这镰刀替爷爷割草喂牛,是用这镰刀替祖母割柴煮饭。镰刀,在父亲的心目中就像儿时的伙伴,伴他度过了快乐无比的童年。而在父亲真正用上镰刀这农具时,他已从爷爷的手中,接过了生活的全部重担。儿时用的那把镰刀,已不适合身强力壮的父亲,他便找了一个铁匠专门打了一把又大又长的镰刀。每到麦收时节,父亲就用这把镰刀在地里收割麦子,那特别响亮的"咔嚓、咔嚓"的割麦声,与父亲高兴而激动的自言自语声:"这镰刀才叫镰刀,用起来真来劲!"这把镰刀,为父亲支撑起那因生活的负重而失落的人生。

要说父亲真正意义上与之结缘的农具,还是犁铧。那是父亲在十三岁时,一直帮人犁田为生的爷爷突然病倒了,眼下又是农耕时节,别人的田里还等着栽秧呢。没办法,只好叫从未犁过田的父亲去顶着,比犁铧高不了多少的父亲,只好学着爷爷犁田的样子,打着牛摇摇晃晃地学着犁田。从此,爷爷一病不起,父亲自然而然地接过了爷爷手中的犁铧,走在了爷爷走过的路上。几十年如一日,每到开春后,父亲就打着牛犁过那片田野,田野便在父亲那吆喝牛的声音中,在父亲那乐呵呵的笑声里,飘出了一行行抒情的诗句来。

水车在父亲的一生中,是让他最骄傲的农具。在那还没有抽水机的时代,大凡农历二月间,山里人就开始整田栽秧,可地处高处的田没水，就得用水车往上面车水。这时，队里便开会选择有这方面能力的人，如果被选上去车水，工分得双份不说，还能得一个好名声。每次队里选人车水时，父亲总是第一个被选上。这时，他总是高兴地对书记、队长发几句牢骚："不怕你们吃墨水比我多，有本事车水去？"同时，也不知多少山里人投来羡慕的目光。如今，父亲却常常谈起这车水的往事，他说："想那几年车水，谁不想与我一起，哪年队长不是第一个点到我。几天几夜不下水车，现在谁还行？"如今，水车虽然从小山村里消失了，但它似乎仍保存在父亲的记忆中，留给父亲的是无比的快乐与欣慰！

只有锄头，似乎成了父亲心中的伴侣，父亲凡下地挖土种地干农活，都是扛着这锄头；在田野里转转，也是扛着锄头；去山坳上坐坐，仍是扛着锄头……扛锄头，就是他几十年来形成的无法改变的一种习惯。锄头在他的肩上，似乎仍有几分重量；锄头在他的手中，仍充满着灵气，闲了闷了时可以与它说说话，愁了倦了时也可以与它吹吹牛，说些只有他们才听得懂的往事，吹些只有他们才觉得高兴的事。说着说着，多少往日的艰辛与无奈也变得温馨而美丽，多少往日的欢乐与梦想也变得真实而浪漫。

父亲只要手握着锄头就来了精神,嘴里又重复着他常说的那句话:"锄头锄头,日头日头,有了锄头,生活才有盼头!"

四

现在,父亲已经年过花甲,虽然干活不如从前了,但他仍坚持在家干农活。由于他年纪大了,就不再种水田,只是种点菜什么的。可父亲就觉得日子清闲了,劳动惯了的他,又去买来一头耕牛喂养。每天他又像年轻时一样天不见亮就牵着牛去坡上放,在那空旷的山坡上,看着蓝天白云,眺望着山间美景,心情格外的舒畅起来。然后,他又像当年打石头一样,长长绵绵地吆喝着:"啊——嘿——喂——哟——嗬!",又"嗨——"的一声……虽然没有了当年的气贯长虹,但声音却一样的粗犷而洪亮。

每天父亲都起得很早,他不是背着背筐上坡割牛草或弄柴,就是牵着牛去放,日子也过得有滋有味。由于母亲到县城帮我看孩子,只有父亲一个人在乡下。每次接父亲来城里,他刚住上几天就要急着回乡下,如果我们再留他,他反而生气,我知道，父亲是属于乡村的。

父亲在乡村的日子，除了喂养那头耕牛外，就是一心一意种植他的菜园。他没有现代化的培养技术，仅凭多年的种菜经验，几十年如一日把菜园打造得生机勃勃，一片葱绿。

春天来了，果木冒着芽苞，白的、红的、粉的，各种花竞相开放，在老屋的房前屋后，父亲的菜园成了一道风景线。远远看去，那深绿色的一片，是走过冬日来到春天的甜菜，没有一根杂草，没有一片残损的叶子；那齐刷刷的蒜苗，你不让我，我不让你，在黑土地里排队成行。特别是每年的大白菜，又大又白，几块地连在一起，成熟季节，远远看去，就像绿色海洋里涌起的白色波涛。

早年，因为我们兄弟姐妹多，父亲为了养活我们，起早摸黑地干，越重的活儿他越要争着干，这样挣的工分才多，工分多了年底分的粮食才多点。

有时，父亲白天干了很重的活儿，晚上还要为队里做点手艺活，如帮别人修修灶、打个石头对窝、打个石脚盆等挣点钱。年复一年，父亲终于把我们养大，我们几兄妹中，有读书出来在县城工作的我，有在外地做生意的弟弟，也有在镇上教书的妹妹。在别人的眼中，我们都有出息了，可父亲却老了。

有一次，父亲一个人在乡下，不知是寂寞了，还是想孙子了，电话也没打，就到县城来了。说来凑巧，父亲来的那天，正好是礼拜六，我不上班有空，想好好陪父亲玩玩。老家门虽锁了，但父亲还是不放心，一直嚷着看完孙子就回去。经不住我和妻子的软磨硬泡，他才答应留下来住一晚。那天，天气晴好，我就带上相机陪父亲去县城附近的湖边走走。秋天的天空是高远的，明澈的，秋天的湖水像一面镜子。我和父亲，并肩走在湖边的小道上，踩着沙沙的黄叶，望着万里晴空，心里涌起更多的是安详、静谧。父亲很满足，他不住地啧啧赞叹，这里真是好地方，这儿比起我们家乡那个水库大多了哟！

我要给父亲拍照留念，他说什么也不肯。最终还是在我好一番劝说下，他才在这优美的湖光山色中留了影。

父亲这样在县城住了一晚，晚上他却显得坐卧不安，总是半夜起来一边抽烟一边望着窗外，嘴里念叨着："坡上的苞谷也可能背上娃了，地里的豆子熟了哟！"听上去仿佛他已来城里很久了似的。我理解父亲,也不想再留他在城里住下去了。正好明天是周日,我决定亲自送父亲回乡下去。

第二天,父亲早早地起来收拾好衣服,我们便去了汽车站,乘车到了家乡的村口下了车。这时正好碰见刚把儿子送上车的王大爷,他一见父亲回来了,高兴地走上来问道:"你好久去县城的,怎么不多耍几天呢?"父亲高兴地回答:"昨天去的,我感觉在县城耍了好久似的哟。哎,听说村里要开承包会,村里的鱼塘承包出去没有呀?""这会昨天开了,一位外地来的老板承包了,已签合同了。""哎,我就想昨天回来的嘛!"王大爷问:"你想承包?"父亲摇了摇头说:"不,我这么大岁数了,哪里还有能力承包那个哟!""那你还惦记着这事干吗?"

父亲没出声了,但我却明白父亲的心情。

五

一路上,父亲像真正出了一趟远门似的,凡见了熟人就打招呼,要抽烟的父亲就主动拿出烟来请他们抽烟,像一个小孩似的乐呵呵的。到了家后，父亲叫我坐，他去洗锅烧开水为我泡茶，茶泡好了又忙着煮饭，我看着忙来忙去的父亲，似乎这时才看到了一个快乐的父亲。不一会儿饭就弄好了，父亲又倒上了两杯老白干酒，与我一边喝着一边说着话："这老白干，比你城里那酒好喝，当然不是你的酒不好。这酒，我喝了大半辈子了，似乎喝习惯了，更喝出感情了。以前累了，喝两口睡一觉就没事了，有时烦了，也喝上两口睡一觉，啥事也就没有了……"我听后没出声，只默默地点了点头。

随后，父亲扛着锄头带我去看老屋前的菜地，只见这片菜地被父亲管理得很不一般。记得还是春天我回乡下时来过这菜地，看见父亲在这里一会儿翻地、栽菜秧、提水浇灌。现在已是秋天了，父亲的汗水没有白流，辛苦的耕耘终于换来了喜人的收成。地里挂满了西红柿、茄子、黄瓜、辣椒、苦瓜等，真是硕果累累，逗人喜爱。父亲说："这些菜，是没有打农药的，你明天回去时带些回去嘛，是真正的绿色菜哟！"

不一会儿，邻家的李大爷，对门的王大爷也纷纷来到田埂上，父亲便放下锄头坐在田埂上与他们一边抽烟一边说着话。王大爷说："村上的那个五保户麻二爷听说昨天被接到镇养老院里去了，要不是大家劝他还真不想去的哟！"父亲说：

"这是好事嘛。不去,他腿脚不方便又无儿无女,哪个照顾他呢。"听上去,仿佛这些事与父亲他们无关,但又感觉到这些事与他们息息相关。

为了好好陪陪父亲,我也在乡下的老屋里住了一晚,晚上父亲给我讲了许多村里的事情,有伤感的,也有高兴的,但我都听得十分真切。父亲说:"这些年,村子里发生了不少事,那个疯子大叔大雨天满街疯跑,全村没人拦得住,最后掉进水塘里淹死了;剃头匠姚麻子才五十多岁,头天还好好的,第二天起来就发现他死了。还有……哎,我怎么老说不好的,还是说点好的吧。"一会儿,父亲又接着说:"和你玩的最好的那个三娃子,读书不行出去打工却发了,现在当了老板了,前不久开着宝马车回来在村里转了一圈,多风光呀;你大姑家的那个小顺子在外面做生意发了,人家娶了个外国媳妇回来,人挺好的,去年来我们家还买了好多东西呢。还有,听说我们村上马上要建个农民新村了,楼下门面楼上住房,你弟弟说他要一个门面和一套住房,准备在村里开个超市呢!"

父亲说着说着,也许是困了就呼呼睡去了。我却像父亲在城里一样,翻来翻去久久不能入睡,我起身悄悄走到屋外,站在院坝里,看见明净而皎洁的月光映照着小院,映照着田野,山村里静静的,只有从屋里传来的,伴我长大的父亲那粗犷的呼噜声,显得格外的动听。

乡村手艺人

张儒学

乡村王篾匠

在老家，王篾匠也算一个远近闻名的乡村手艺人。

那时还在生产队时，王篾匠和其他几个篾匠老头，天晴就在生产队的晒坝里，下雨天就在保管室里干篾匠活，似乎一年到头都有他们干不完的活儿。开春后的春耕播种时节，他们就用竹子破成篾条，做成犁田用的犁扣、编挑土用的篮子等，夏天快打谷子时，也是他们最忙的时候，他们总是忙着编收割用的箩筐、筛子等，秋天他们也忙着编挑红薯用的篮子，冬天就给生产队的养猪养牛场编些背篼什么的……他们就靠这篾匠手艺，在生产队挣得高工分养家糊口，不知让多少山里人羡慕。

在土地承包到户后，由于篾匠属于手工活，赶不起进度也偷不到懒，少了一匹篾条都完不了工，更是要慢工才能出细活，收入自然也就低了。那些昔日在生产队里拿过高工分的篾匠们，都纷纷转行干别的活儿了，可王篾匠不知是没找到其他的活儿干，还是他天生爱这篾匠活儿，他却一直默默地干着帮人编箩筐、背篼、竹篮、筛子等活儿，那时几乎家家户户都需要篾制品，王篾匠的篾匠活儿却越做越精细，越做越红火。

听老一点的人说，王篾匠的篾匠手艺不是祖传的，他似乎也从没拜过师，而是无师自通，靠自己边做边摸索出来的。他做篾匠的时间长了，就练出了一身好手艺。不管哪家请他编箩筐，还是编背篼，他首先是要挑选上好的竹子，再把竹子劈开，把它不同的部位做成各种不同的篾条……总的来说，整个过程包括砍、锯、切、剖、拉、撬、编、织、削、磨。

王篾匠破出来的篾片粗细相当均匀，青白分明，他编出的箩筐就结实细密，两个箩筐也大小一致；他编的筛子，精巧漂亮，方圆周正……

凡村里村外请王篾匠去干活，不管人家编多编少、也不管人家给的价钱高低，王篾匠都一样认真，一样专心致志地做。每到一家他总是按主人的要求，用竹子编成圆圆的竹筛、编成尖尖的斗笠、编成鼓鼓的箩筐……反正你想要什么他就给你编什么。他在干活时，常有大人们陪他聊天，也有小孩找着他说故事，他不是开心地说话就是乐呵呵地笑着，从没停下手中的活计。王篾匠守着他的老本行，默默地编着人生，编着岁月，仿佛阳光明媚时，我们看到他在编；同样日影西斜了，我们仍看到他在编。于是，他编的那些竹器，那个细，那个滑，那个巧，真让人特别羡慕。

王篾匠最拿手的活儿，也是让山里人因此而记住他的，就是他为山里人编的"娃娃背篼"。他在编这"娃娃背篼"时更是用心，编得十分精细，因为这"娃娃背篼"是用来背才出生不久的小孩子的，小孩子的皮肤嫩，所以要将篾条弄得光洁和圆滑，也要编得深浅恰当，以防小孩子在背篼里不小心倒了出来。而且也要尽量编得精美乖巧一些,那些年轻的妈妈背着刚出生的孩子回到娘家时,也让娘家人看得格外的高兴和欢心嘛!由此,村里村外,十里八乡的好多孩子都是用王篾匠编的"娃娃背篼"背大的,就凭这他也让山里人尊敬,也足以让他感到自豪。

随着农村青壮年劳动力都纷纷外出打工,在家的一些中老年人在生产生活中也不再肩挑背磨了,王篾匠的竹编手艺也变得冷清,似乎一年半载也没人来请他了。没人请的王篾匠就在家里砍自家的竹子慢慢的编点箩筐、背篼、竹篮、筛子什么,没事时就拿来去今天送这家一个箩筐,明天送那家一个背篼。可有一样编得十分精美也像箩筐似的筐子,他却舍不得送人,有人问他编的是什么,编得这么精美乖巧,他总是笑笑,却不回答。

有一天,王篾匠在外打工的儿子带回一个外地姑娘,在他家为儿子大办结婚酒时,按当地的风俗,要让操劳一生的父亲坐坐用箩筐做成的"轿子时",王篾匠才从屋里拿出来那个像箩筐一样的东西,在乡亲们的欢呼中,儿子和儿媳让他坐在这"箩筐轿"里,抬他绕堂屋转上几圈,他笑了,而且笑得特别的开心!从此,就常有人上门来请他编"箩筐轿",王篾匠总是量身定做,编得认真仔细,他所编的"箩筐轿",不管你胖或瘦,不大也不小,坐在里面既舒服又合身,新婚的儿子儿媳抬着时,谁都想在里面多坐一会呢!

岁月悠悠,王篾匠现在已经老了,听说他再也没收到徒弟,篾匠手艺在我的老家也似乎渐行渐远了。

乡村蒸笼匠

在我的记忆中,凡吴蒸笼匠走到哪家,哪家就要办酒席了。

在我的老家,不管是小孩满岁、大人满十,或者是嫁闺女、娶媳妇……都会大大方方、热热闹闹地办上十桌或八桌,有的甚至是办上几十桌。可在办酒席的前几天,得请吴蒸笼匠去打蒸笼,如果家里没有蒸笼的他就抓紧时间打,如果有蒸笼的就翻出来看看,坏了的能修就修,如果有修不好的就重新做几个来补上。

由此,吴蒸笼匠似乎就成了山里人的欢乐,凡他走到哪儿,山里人的目光就跟到哪儿,山里人的话题也就说到哪儿。比如:

"李大妈要做六十酒了,听说是他的几个儿子硬要为她办的,好福气哟!""过几天,李二娃要娶媳妇了,乡里乡亲的,说什么也得去喝他的喜酒哟!"……吴蒸笼匠也似乎成了最好的传言人,凡请他去修过蒸笼的人家,他就逢人便说,某某家要娶媳妇儿了,某某家要办酒席了,经他这么一说,乡邻好友都早早的做好准备,到时也都放下手中的活儿,跑去帮忙或送上一份礼,喝上几杯。

那时作为小孩的我们,不管哪家要办酒席,小伙伴总是以此为荣,或早早地请到时一定要去我家玩哟,或以此作为炫耀,我哪天要去我姑姑家吃姑父的生日酒,我姑父那儿很好玩的哟!小伙伴们听着,都表现出十分羡慕的样子,也在心里希望自己家能办酒席,想象自己家办酒席的热闹场景。

记得我家办酒席是我爷爷满五十的时候,头几天就请吴蒸笼匠来我家,爷爷从楼上翻出一副旧蒸笼让他看看,吴蒸笼匠看了看说:"这蒸笼用不得了,要漏气,做五十酒这多么客,到时因为漏气菜都蒸不好怎么办?"正在为将要办酒席而高兴的爷爷,马上说:"重新给我打一副新蒸笼嘛。哎,时间还来得及么?"吴蒸笼匠说:"来得及,来得及!""好,做这么大的酒席还差几个蒸笼么，就重新打一副吧！"

正如吴蒸笼匠所说，蒸笼提前打好了。到了办酒那天，从我家那袅袅飘起的炊烟中，就能感受到一股温馨的氛围，我家的院里真是充满着少有的热闹，只见几十张大木桌，紧挨着摆满整个院坝，小孩们在院落里高兴地跳来跳去。也许是刚打的新蒸笼，在那口热气腾腾的大铁锅里呼哧呼哧地喘着粗气，村里的男女老少都赶来了，有的帮着忙这忙那，有的却坐在桌前高兴地聊天。不一会，在厨师的那一声粗犷而洪亮的"开——席——罗！"的高喊中，所有人都围坐在桌边，爷爷高兴地一一敬酒，乡亲们边喝酒边吃菜边说着话。

好多年后，山里人大多外出打工了，村里也很少有人这样大办酒席了，不办酒席就几乎用不着蒸笼，吴蒸笼匠似乎失去往日的风采，很少有人找他再打蒸笼了，他似乎在孤独而寂寞的乡村渐渐老去。

但村里人都记得他，也常念叨着他："哎，可惜吴蒸笼匠那门好手艺，现在几乎快失传了哟！""就是呀，如果现在没人学，到时吴蒸笼匠死了，再办酒席时，又找哪个来打蒸笼呢？"

前不久,我早上去上班时经过县城的一个包子店,就被门上挂着的"竹蒸笼包子"的店名吸引住了,我认真打量了一下,小店店面不大,依稀能看到前来吃包子的人进进出出,很是热闹,更是因为小时候有关于吴蒸笼匠和蒸笼的记忆,我便走了进去。店内干净而整洁,店里那口热气腾腾的大铁锅里,仍放着跟我小时候见过的一样的大蒸笼,只是显得精美了许多,在呼哧呼哧地喘着粗气。

于是,我要了两个大包,正在慢慢地吃着,正好老板娘走出来,我问她:"你这蒸笼是谁给你打的,打得这么精美?"老板娘得意地说:"是乡下吴蒸笼匠打的。"我吃惊地问:"你怎么认识他的?"老板娘笑了说:"说来也巧,那天吴蒸笼匠来我店里吃包子,他说我用铝做的蒸笼蒸出的包子,吃起来有一种铝气味,他说他我给打一副竹蒸笼,蒸出的包子肯定就大不一样。我当时半信半疑,就请他打了一副竹蒸笼,用这竹蒸笼蒸出的包子真的不一样了,真是太感谢他了!"

听老板娘这么一说,我也认真地闻了闻包子,果真有一种竹香的味道,但吃起来似乎更多了一种童年时美好的记忆。老板娘又说:"我们用这竹蒸笼蒸包子后,生意好了很多,当我找到吴蒸笼匠准备送点钱给他作为感谢时，他不但不收，就是打蒸笼的钱也一分不要，却说这也是他人生价值的体现嘛！"

乡村杨石匠

在我们村里，杨石匠还算是有名的手艺人。

在生产队时，杨石匠就带着同样是石匠的几个人，每天不是用石头镶晒坝，就是在山顶上打大山，他们那铁锤敲得"叮叮当当"的声音，似乎在村里就从来没停过。而且打大山时洪亮而粗犷的号子声，似乎从山上映透村里村外。而且，他们干的活儿与每天在地里挖地除草，在田里栽秧打谷的人相比，不但拿着高工分还有基本粮食补助，因为他们大小还是一门手艺，是队里的"技术工"，受人尊敬，也更让人羡慕。

听老一点的人讲，杨石匠不是跟本地的师傅学的手艺，那是他二十岁时跟着他的叔父去到成渝线上修铁路，由于他人年轻也聪明，便被铁路上一个石匠师傅看中，选中他加入了石工班，他就跟着师傅干石工活。几年后这段铁路完工后，他回到村里也就多了这门石匠手艺,成了村里唯一"留过洋"的匠人了。由此,那时学石匠似乎成了热门,想跟杨石匠学的人多的是,但杨石匠却要根据自己的要求挑选徒弟,比如:他看在书记的面子上,王书记的亲戚不得不收;他看在亲戚的份上,他老表的儿子也不得不收;但有的是他主动收的,如村里那个因父母去世得早,而独自一个人生活也勤劳忠实的王二娃,杨石匠就主动收他为徒……

杨石匠算是生产队的能人,在集体时不管是生产队的大到修保管室、晒坝,小到每家修个猪圈、粪坑等都得请杨石匠,那时杨石匠一般都是白天干生产队的活,晚上才去村民家里干活,还得看人干活,人对的就当天请当天去,人不对的有时得等上十天半月也等不来,但村民们都理解,因为那时主要是以在生产队挣工分为主,年终分粮也得看工分多少,更是以集体的利益为第一。

可在土地承包到户后,村里人在家发展种养业的发展种养业,外出打工的打工,渐渐的村里人手里就有钱了。杨石匠也最先把他那几间土墙房推倒,请上徒弟们去山上打些石头,再将石头打成砖块这么大砌成石砖房,比原先的土墙房美观大方多了。他这一创举引起了村民们的积极效仿，纷纷请杨石匠修石砖房子。由于手中的活儿多了，杨石匠的生意越做越红火了，他的徒弟从三四个增加到近二十人了。

于是，每天很早就听见他们在山坡上打石头时，那清脆的"叮当叮当"声和那打大锤的"嗨——嗨——"声，就是他们这些乡村交响曲，把整个山村从睡梦中叫醒。随后，便听见他们打大锤时的号子声："哎呀着，嘿着喂……"浑厚高亢，气势磅礴，响透了整个山坳。

特别是杨石匠在山上打石头时，那场景更是壮观。他那粗犷的石工号子声，惊动了方圆数里，有的还放下手中的活儿，特意跑来围观。于是，杨石匠用粗犷而洪亮的声音喊道："太阳当顶又当台，贤妹给我送饭来。我问贤妹啥子菜，腊肉丝丝炒蒜苔……"再长长绵绵地歌谣似的吆喝着："啊——嘿——喂——哟——嗨！"然后，只见他们站在陡峭的山石边，扬起重重的大锤，随着他们"嗨——"的一声，大锤精准的落在嵌进石缝中的铁楔子上。他们不停地敲打，直到大大小小的石块散落下来。

不到几年间，村里的土墙房几乎都改修成了石砖房，而且大部分都是杨石匠修的，那时杨石匠不管走到村里哪家，主人都十分热情地招呼他，因为他们的房子就是他修的，他也因为看到自己为村民亲手修的房子而心里高兴。

有一天晚上下暴雨，村里贫困户李明的土墙房被大雨淋垮了，幸好没有伤着人，当他看到全家老老小小哭成一团时，他当场表态他和徒弟们要为李明家重新修几间石砖房，一分钱工钱也不要。杨石匠说话算话，他答应了的事徒弟们也积极响应，在他们忙了半个月多后，三间漂亮的石砖房就修好了，李明高兴得差点下跪向他致谢，他却说："都是乡里乡亲的，帮这点忙算什么呢！"

好多年过去了，村民们由于出去打工或经商都挣了不少钱，那时修起的石砖房也渐渐地变旧了，村民们又将这些石砖房拆除，重新修起了一楼一底的小洋楼，以前红极一时的石匠手艺在村里也渐行渐远了，杨石匠手下的徒弟们不是出去打工就是改行从事别的手艺了。

杨石匠也渐渐的老了，老了的杨石匠承包了村里的一个鱼塘从事养鱼业。不管村里哪家拆石砖房时，杨石匠总是跑去观看，还不停地指挥着那儿要这么拆，这儿要那样推……最后，当他看着自己辛辛苦苦修起的石砖房被拆掉时，眼睛里总是饱含着不知是高兴还是心酸的泪水……

尤其是他看见当年的贫困户李明的两个儿子长大后，因为外出打工挣了不少钱，也请人去拆他当年义务帮着修起的石砖房时，他很想发火骂人，也很想上前去阻止，但他就是没有走近，只能远远地站在一旁观看，心里总有一种说不出的滋味。

不久，李明家一楼一底的楼房修好了，他的两个儿子专门请杨石匠去他新修的楼房里坐坐，并做了一桌好菜请杨石匠喝酒，说："不管我现在的房子修成什么样，但我们家永远记得你这位恩人！你为我们修的这石砖房，现在虽然拆了，却永远存于我们心间的……"

杨石匠听到这儿，喝得似醉非醉的他，似乎才多少感到有一点欣慰。

乡村剃头匠

在我的记忆中,村头那个剃头匠王聋子总是穿得破旧,身上时常穿一件早已褪了色的旧中山服,脚上总是那双烂黄胶鞋,几乎每天都一个样,也似乎几十年如一日。但王聋子在村里面也算是一个"名人",不管大人或者小孩都认得他,凡说起剃头匠王聋子,哪个都好像比了解自己还要了解王聋子似的。

因为王聋子每天都开门摆摊剃头,总有许多人不管是从他那儿路过,还是没事时总要去到他那儿坐坐。也有人在他那里放个背篼、箩筐什么的,他总是热情相迎,从不说个不字,深得乡下人的好感。虽然王聋子耳聋,但他能从别人张嘴时判断出在说什么,还像好人一样说着话呢,凡有人来,不管男人女人、也不管是大人或者小孩,他总是打声招呼,走时总是叮嘱千万别拿掉东西。

我爷爷就是这样认识王聋子的,也就因为这样才和王聋子有了一定的交情,说交情也没什么借钱借米的事,只是爷爷干活累了,总要去他那儿坐,一来二去,爷爷和王聋子就成了知己，爷爷的头发，也包括我的头发几乎就在王聋子这儿剃了。

小时候，我最怕王聋子剃头，因为不管我愿不愿意，他总是三两下下来，我就变成了一个"小和尚"似的光头，不是他不会剃别的头型，他好像觉得我爷爷也是这样剃的，或者是他好像与我爷爷有某种默契，不用说就这样剃成了我爷爷想要给我剃的光头，剃好后我少不了也要骂他几句，可他总是笑笑说："小娃儿剃光头，好洗又凉快嘛！"

在那时，虽然来他这儿剃头的人很多，但他的生意还是不算很好。尽管这样，王聋子这个剃头手艺，不知有多少人羡慕，也不知有多少人缠着要学，可他就是不教。爷爷却常对我说："长大去跟王聋子学剃头吧，别人学他肯定不教，如果你去学，他肯定要教的。"

其实，王聋子剃头也并不是不讲人情，也不是他耳朵聋就不明白事理。在我上初中后，我更害怕去王聋子那儿剃头，怕他再给我剃成光头，可爷爷硬要我去王聋子那儿剃，最终没犟得过，还是去了王聋子那儿剃头，可他三两下剃了后，我一摸却让我吃惊，头上居然还有头发，并不是像以前一样给我剃的光头呀,再通过镜子一照,给我剃了一个好看的平头,这次我没有骂王聋子了,而且还从心底感激他呢!

后来,我不管是在外地上学或工作,可我每次回老家时,也许是对故乡的思念,或是对小时候记忆的追寻,每次在回老家之前,总不去理发店里理发,专门留着回到村头王聋子那儿剃,这时王聋子虽说已六十多岁了,但他剃头时动作还是一样的利落而快速,三两下就完了,理发时在他的手轻轻的抚弄中,我似乎感到一种亲切。

有一次,我回到老家,再去王聋子的剃头铺,却怎么找也找不着了,那里似乎完全消失了。变成了一片正在建设的工地,我愣住了,经打听才知道,因为这里正在修建农民新村,王聋子的剃头铺被拆了,王聋子也被在外地做生意发了财的儿子接走了,并叫他再也别理发了,好好享清福。

前不久,当我再一次回老家时,一到村口就看见王聋子用一张椅子和一个凳子摆成了一个剃头摊,旁边正烧着一个煤炉子,正在给一个老人剃头,我也走过去,由于他是聋子,无法与他从语言上交流,只能也让他给我剃头。这一次,他不知是老了还是想给我剃好点，剃了很久，在剃好后还对我的头左看右看，也一次一次地为我剪弄，在他那轻轻的抚弄中，我心中总有一种甜甜的、十分亲切的滋味。

小时候我最怕王聋子给我剃头，如今我最想王聋子给我剃头，因为从他那儿我能感受到一种浓浓的故乡情……

风儿往西吹

张静

少不更事时，问奶奶，庄子里的风儿从哪里来的？奶奶说，吸着鼻子闻几下便知道了。若湿润润的，有草香，准保是南山的；若净是土腥味，像你爷和你爹嘴里抽的旱烟一般呛人，那便是北山的风儿了。

南山在哪里？我又问。奶奶说，朝南，蹚过渭河，再朝南，有一座山，乡下人叫南山，读书人给起了一个文绉绉的名字，唤作秦岭。晴天的时候远远都能瞅见山的脊梁，高高低低一座连着一座，怎么瞅，都瞅不见尽头。南山的风，柔和着呢。

奶奶说完，眼里一片温和，仿若南山的一缕柔风正一下一下拂进她心底。

可南山太远，我的老庄子里，刮的多是北山的风。那风儿，像个威武的将军一般，穿过北山上一道道土疙瘩梁，然后一路高昂起脖子，雄赳赳气昂昂地向着关中平原而来。尤其到了天一擦黑，呜啊呜啊地哽咽着，不像是从风的喉咙里吼出来的，倒像是从地狱里冒出来，瘆瘆的，连玩打仗最厉害的二毛哥，也不敢晚上一个人在村子里胡乱串门。

那个时候，庄子里一些贫穷人家，家口重，口粮少，青黄不接时，都会想办法去北山上寻几片荒地种点粮食，以解糊口之急。山梁上那条老牛车勉强能挤过去的羊肠小路，被风吹得很白净，像水洗过的白萝卜一样，白光白光的。偶尔可以瞧见人的脚印、牛蹄印、牛粪和羊粪等，歪七扭八地散落着。不过，很快，这些疙瘩路上的杂物都会在大风中被吹散。整个北山头，只有风儿，挤满了路面，跌跌撞撞地朝前跑。那些风儿从北山的豁口，一路跟着人跑，拐了很多弯后，就拐进老庄子了。庄子里的风儿，大抵就是这么来的吧？

风来了，一切都不安静了。杨树的叶子、墙头的茅草、柴棚背阴处黄绿的苔藓，都开始摇曳起来。紧接着，风灌满了地皮，瞬间又被老庄子近乎贪婪地吸咂得干干净净。老庄子叫西坡村，坡却不多，基本还算平坦，住着八十多户泥墙泥屋的庄户人家。庄子南面有一涝池，雨水稀少时，一窝黄泥汤汤的水，泡着几根麦草和玉米秆。涝池岸边，几棵黑皮的老皂角树，疏散着直戳向瓦蓝的天宇。老皂角树上，叶子几乎掉光了，粗壮的枝干上搭着一只鸟窝。白日里，鸟窝是空的，沉寂的，鸟儿们都飞出去觅食去了，剩下的，就是树梢顶上几只干瘪的皂角，在风中乱舞。

　　记忆里，最先感知这一缕风的，一定是奶奶。因为奶奶是知道的，风儿把门掀开时，一准有爷爷和父亲牵着牛儿踏月而归。和风儿一起窜进来的是爷爷和父亲身上的汗渍、烟丝以及牛粪的味道。通常那一瞬，奶奶会大声唤我的娘：老大家的，赶紧去厨房烧水下手擀面吧，多下几片绿菜，味道调可口些。娘急忙跳下炕，点灯烧火，手脚麻利。不大工夫，爷爷和父亲一人端一老碗面，蹲在厨房外面的石桌旁，就着明亮的星星和月亮，嘴里吸溜着和裤带一般宽窄长短的面条。碗里，豆腐、蒜苗和红萝卜等混合在一起的酸辣香味，在风中飘荡。

奶奶说，风在庄子待久了，就沾惹上了庄子的气息。比如大清早，她去门口抱柴火，从隔壁二伯家飘出腌萝卜、韭菜饼和苞谷粥的味道直往鼻子里蹿；黄昏时，奶奶领着儿孙们去村头的老槐树下闲逛，一堆子的乡下婆娘，身上、头上罩了一层淡淡的皂角清香，在风中荡来荡去的。尤其是从队长家五婶的身上，荡出一股子浓浓的雪花膏味道，香香的，真是好闻！到了晚上，不用说，家家户户的炕头上，都是男人浑浊的汗渍和旱烟掺杂在一起的味道。当然了，风在村庄上空常年飘，也会吹破一扇窗纸，吹斜一堵土墙，吹老一茬人。你瞧，风来风去的，爷爷的鬓发结了一层白霜，父亲的眼角起了皱纹，就连庄子里刚过门三个月的新媳妇，也会在大大小小来来去去的风中消退了脸上的红晕和羞涩，黑了面目，粗了腰身……

随着年龄不断增长，我越来越觉得，这些风儿，在不知不觉中改变着我的老庄子。只是，这些变化，如我父母一般的乡下人，他们有一颗古朴简单的心，断然不去细究，也没工夫揣摩。只等从庄子里走出去的人回来了，才会不约而同地露出惊讶的表情：几年不见，村庄变了，村头的皂角树长粗了，娃娃们长高了，媳妇熬成了婆，连叔伯们额头的皱纹也深了，等等。比如村头五爷，五十多岁了，我当然管他叫爷，在新疆工作，好几年才回来一回。有一年的春节，他回到庄子里，身着笔挺的中山装，脚蹬簇新的黑皮鞋，提着丰富的礼物到各家各户转悠，眉间有藏不住的惊讶或叹息。他惊讶庄子里的后生如雨后春笋般猛蹿，长得不认识了；叹息东家的、西家的老人被埋进黄土，没能瞧上最后一眼，一切都不是从前的模样了。

一日，他带了一包点心来我家看爷爷。奶奶受宠若惊似的，又是让座又是倒茶，一番相互嘘寒问暖后，五爷脱了鞋，上到炕上唠起嗑来。那个时候，我不太懂得人间事，看他一会儿笑，一会儿抹眼泪，像个精神病似的，倒是他口袋里的水果糖，花花绿绿的，不但好看，还特别好吃。没过十五，他就走了。走的那天，五爷家兄弟姐妹一大帮子送到村口，眼泪汪汪的，好像这辈子再也见不上面似的。五爷亦是一步一回头地上了拖拉机，一溜烟走了。庄子里的风，依然吹着，乡下人的日子依旧苦巴巴的。

在贫寒交替的日子里，当风过庄子时，奶奶很少笑。五月微醺，小满未满，虽然有布谷鸟的声声轻唤，地里的麦子尚需再晒几个好日头才能下镰，而家里的麦包里空荡荡的，面缸子几乎都底朝天了，日子青黄不接，一家老小的肚子都吃不饱，奶奶怎能笑得出来呢？饭桌上，野菜团、糊涂面、窝窝头，吃得大人小孩眉头直皱。偶尔，奶奶也会露出笑容。那是她做完了饭，拾掇完了厨房，喂了后院的猪呀、鸡呀，一屁股坐在房檐下歇息时，看见老张家的几个顶门柱男娃娃光着脚丫、穿着开裆裤满地跑，奶奶脸上才有了几分心满意足的笑。可这笑声太短暂了。通常的情形是，她老人家脸上动人的笑容还未退去，村子里就开始刮大风了。那风儿，真是一点都不近人情，张牙舞爪一般在房前屋后胡乱窜，树叶、柴火、尘土，都被卷得漫天飞舞。奶奶脸上的笑容没了。她躬着身子，一件件拾起从麻绳上吹落的衣服，一片片捡起从房顶上跌落的瓦片，眼底的一抹愁云，一直镂刻在我的心头。

不光奶奶如此，淳朴善良的乡亲们都不愿意看到西北风席卷而来。比如，春寒料峭时，村里的男男女女都拉着架子车，不是修路，就是修水渠。突来一阵龙卷风，吹得沙尘到处飞扬，迷住了人的眼睛，堵住了人的嗓子。站在崖背上正使着蛮力、轮着羊角镐和镢头上下挥舞的男人们，会在风里东摇西晃。有一天，风特别大，我的伙伴三娃他爹身体瘦弱，站立不稳，从崖背上生生摔了下来,在炕上躺了好几个月。那是三娃家最艰难的一段日子,三娃的爹病了,就剩下三娃两个哥、一个姐,三娃娘出工记两个工分,三娃的哥和姐属于弱劳力,只能干零碎活,记半个工分。这样一来,分得的口粮自然少了很多。有一回,我去他家玩耍,正碰上吃早饭,灶台上放了七个洋瓷碗,里面的玉米粥稀得能照见人影来。到了晚上,三娃一家子啃窝头的时候居多,啃到胃反酸,这清汤寡水的日子让三娃娘满脸愁兮兮的。

印象里,小时候,父辈们永远有干不完的活。田地平了一片又一片,水渠修了一条又一条,村口那棵皂角树上破旧的大铜铃就像圣旨一样灵通。一听到铃响,娘赶紧解下围裙或者撂下针线筐,朝厢房里歇脚的爹扯着嗓门喊一声——刚子他爹,起来出工喽。爹听到娘吆喝,跳下炕,旱烟袋子往怀里一揣,趿拉着鞋子拽着架子车一溜烟地往村口跑。去早了,和队长闲聊几句,套套近乎,或许能领到工分不少、出力不大的好活,我和弟弟妹妹就可以多吃几顿细面白馍了。

我一天天懂事时,庄子里的风也有让我感到无比恼火的时候。主要是我觉得那些风儿,一点都不长眼色,它们时不时地，像个怒吼的狮子出没无常。比如，寒冬腊月里，地里的庄稼不需要伺候，爹和娘仍然得去生产队劳动。碰上刮西北风时，天像塌了似的黑压压一片，风尘四起，枯枝乱飞。爹和男人们在崖背上挖土，碰到大块土疙瘩时，几个人把镢头同时挖进去，嘴里齐声喊道"一、二、三，起"，一些难"啃"的大块土顺着崖背轰然坍塌。娘和崖底的妇女们一拥而上，把架子车装满，一趟趟来回跑。不用说，脸上、身上，甚至连嘴里都会是呛人的尘土。可他们全然不顾，依旧热火朝天地干着，涨红的脸上，汗水和着尘土一股股往下流淌。记得有一回，刚收工走在路上，碰上一股黑风夹杂着滂沱大雨而来，娘的草帽也被刮得挂在了树梢上，蓝碎花布衫湿漉漉地贴在身上，泥水顺着裤腿和裤脚灌满了布鞋，爹全身早已污泥一片了，进得门来，骂骂咧咧地诅咒着。

最可憎的是，布谷鸟开始欢唱时，本该是乡亲们守望开镰之时。尽管村子不远处的韩家湾老爷庙里，和奶奶一样缠着三寸金莲的五婆六婆们一趟趟地跑，香火一炷炷地烧，善经一段段地念，但还是未能阻挡得了呼啸而过的大风。记得有一年，芒种刚到，青天白日中太阳还明晃晃的照人眼，谁料到了夜半三更，狂风大作雷声震天，刮得窗户咯吱响，刮得柴门哐当摇,连屋檐下那棵粗壮的老椿树枝干也被拦腰折断,嘎吱嘎吱乱响。紧接着,大雨如注,倾盆而下,风声雨声交织在一起,整个村子像个可怜的孩子一般,孤苦无助地挣扎在风雨之夜。第二天,风停了,雨住了,太阳挂在天边,可前几日还昂首挺立的麦浪不见了,满地的麦秆横七竖八地躺倒一片,硬实饱满的麦穗被雨水浸泡后黏在泥地里。爷和爹站在地头,看着金灿灿的麦粒一颗颗发胀,只剩下摇头叹息的份了。待到地里能下脚时,抢收回来的麦子已经出芽。那一年,娘围着锅台无论如何变着法子做,出芽的麦子磨成面、擀成面条后,下到锅里总是糊作一团,蒸出的馍也是咬到嘴里就黏牙,滋味真是不好受。

不过,话又说回来,这些从庄子上空刮过的风儿也有令我开怀舒心的时候。犹记得清明过后,一场场轻柔熏暖的风儿掠过田野,掠过我的老庄子。那风儿简直就像个魔术师,不出几日,便吹开了褶褶皱皱的天空,连同村子边、小河旁、梯田下的野花、果树花、油菜花也一同吹开了。若是阳光明媚,春风浩荡,远远望去,五颜六色的花儿蓬蓬勃勃地盛开着,铺天盖地涌入眼帘,真叫人欢喜雀跃。那是贫穷年月里,我和伙伴们最幸福、最快乐的一段日子呢。那些日子,上学或放学的路上，伙伴们沿着乡间小道，穿梭在成片成片的田野里，满眼都是盛开的油菜花，金灿灿的，煞是喜人。扎着马尾辫的小女生们身旁萦绕着追逐飞舞的蜂蝶，笑声在风中传得老远。多年过去了，每每想起这一幕，嘴里总会轻轻念出"篱落疏疏一径深，树头花落未成阴。儿童急走追黄蝶，飞入菜花无处寻"的诗句来，这幅美得像童话般的画卷，早已永远镶嵌在我生命的印痕之中，成为我后来喜欢文字的缘由。

我自然晓得，爹对这些春风里四处撒野乱窜的花花草草并不贪恋，爹贪恋的是麦场里飘过的那一场场风儿。对庄稼人来说，麦收时节的龙口夺食刻不容缓。爹和娘顶着火辣辣的太阳割回来的麦子被平摊在麦场上，全家人用绳子拉着石碾子一圈圈滚着，熟透的麦秆儿被碾子碾得"噼里啪啦"作响，从穗秆里碾压出饱满亮黄的麦粒来。大人们忙碌着，翻动着碾过的麦秆儿，空气里弥散着麦子热腾腾的、清甜的香气。该"扬场"了，可依然无风，爹急得绕着场边团团转，旱烟袋子也几乎抽空了。好不容易天边刮来一阵好风，爹赶忙把烟斗在鞋底磕了几下，随手塞进脖子后面的衣服领子下，喜滋滋地拿起木锨，甩开膀子挥汗如雨地干起来，那胳膊上仿若有使不完的劲。一个时辰过后，麦堆里的皮糠在风里被剥离开来，就剩下圆光滑润、饱满殷实的麦粒滚落一地，清透通亮。爹躺倒在麦子堆里，唇角泛起的醉人微笑和满足，至今让我为之动容。

这么多年来，风来了，又走了，可娘一直守在庄子里，守着老屋，守着我们，一步都不曾离开。春风里，娘提着笼子到自留地里拔草，绿油油的麦田几乎淹没了娘的身子。娘一边干活一边哼着老掉牙的秦腔段子。那甜美清亮的嗓音，随风飘过一眼望不到边的麦田，飘过桃花红梨花白的果园，回响在湛蓝的天宇下；秋风里，娘隔三岔五总要去玉米地里转转，长势差的，她转身回来担上一桶粪，用烂勺子舀上一勺，顺着根灌进去。碰上被风吹得七扭八歪的秆，娘会俯下身子很小心地将其扶正，再添几把新土，用铁锨拍瓷实。当一阵阵清凉的风儿抚过一枝一秆时，娘能听到玉米拔节的声音，她的脸上漾起幸福灿烂的微笑。最让我难忘的是，冬夜漫漫，凛冽的西北风像饿极了的野狼般干号着，老庄子沉默在寒风中。娘坐在昏黄的灯下，那被风吹皱的脸显得安详而宁静。娘的手上永远有做不完的针线活，贪玩的弟弟磨破的棉裤膝盖处需要缝补，父亲开了线头的棉绒帽子漏风，一家人过年要穿的新棉鞋……我睡在娘的热炕头，冷飕飕的风儿从木格子窗户缝隙灌进来，娘停下手中的活，掖掖我的被角，搓搓自己手心，又专注地一针一线缝起来。

在这之后，八百里关中道上，一场场风儿从庄子吹过，吹得我的庄子也一年年苍老起来。直到有一天，我考上学离开庄子了，我的身边，是城市的风，绚丽旖旎，异彩纷呈。然而，我却十分怀念那些飘过庄子上空的风儿，它们曾经让我开怀过、憎恨过、酸楚过，却也温暖过。有时我也在想，他日，若离开这个世上，定要被埋在小村庄的黄土深处，还要让后辈在坟头竖起一根烟筒，让风儿把庄子里那些花草、庄稼以及阳光的鲜活气味，一并带进来。想归想，我一个从村子里嫁出去的女儿家，是不会有这个可能了。

酒事春秋

张静

我对酒的初识最早源于父亲。记得小时候,在饭桌上,父亲会把筷子蘸了酒,往我弟弟嘴里送。母亲的头正好从厨房的窗台伸出来,瞧见了,急得嗓门老高地喊,他爹,你疯了,他还是个孩子,你咋能这样啊!

两岁的弟弟才顾不上母亲的大呼小叫呢。他大概以为是好吃的,馋得按捺不住,脖子伸得像长颈鹿一般,嘴巴咬着筷子使劲舔上了。这一舔不得了,原本舒展的眉头瞬间紧皱起来,许是忍不住了,吐着舌头，龇牙咧嘴。

父亲照样不理会。他一边盯着自己儿子脸上丰富的表情，一边慢腾腾地对母亲说，那有啥，男孩子嘛，两口酒就扛不住，长大了怎么顶天立地？后来，我偷偷抿了一下，又辣又涩，苦不堪言。父亲之所以早早让弟弟尝一尝这酒的个中滋味，大抵是将他当未来的乡村男人养了。

村子里的二伯和父亲平日里处得好，他也挺爱喝酒的，而且酒量比较大，这在我们村里是出了名的。加上二伯家底厚实，乐善好施，威望很高。但凡谁家孩子满月、老人高寿、婚丧嫁娶，盖房立木等大事，常常都来请二伯。有好几回，二伯喝多了，转腾到我家里，一个人坐在房檐下，脸红得像关公似的。坐了没几分钟，他就挨着叫我们几个的小名，一声接一声。不是让堂姐给倒茶，就是让我给他把烟斗拿过去。也有时候，他把人叫过去了，却什么也不说，只笑眯眯地看着。最好笑的是他喝得颠三倒四的时候，一个人趔趄着身子，在村里胡乱转，转着转着，竟然走错了门，一头窝到别人家热炕上呼呼睡过去了。那会儿，乡下的喜事多在大寒的冬天，外面飘着大雪，刮着北风，屋内火炕温暖，衬得二伯的脸更红了。

　　村里还有一个爱喝酒的，是二队的"瘸子张四"，我们都唤他老光棍。其实，张四原先有媳妇，只是因为家里太穷，媳妇没跟他过几年，跟着邻村一个山东瓜客跑了，留下一个两岁的儿子跟着他眼睛半瞎的老母亲一起生活。为此张四觉得很丢面子，在村子里再也抬不起头，人一下子变得颓废又消沉，偶尔谁家过事随礼了，一上席面准会喝得醉醺醺的。地里的庄稼也不好好伺候，日子越过越恓惶，恓惶得房顶漏雨，窗子漏风，锅里漏气，连炕上的席子中间破了好几个洞都没钱换新的，只用一块块碎布补着凑合，夜里睡个觉，不敢挪地方，否则，身上准被扎得血印一道又一道。用邻家五婆的话说，即便村子里到处乱飞的麻雀都不愿意落到他家树梢上。其间，有人也给他说过几门亲，基本都是从北山逃荒下来的或者死了男人的，都受不了他又懒又穷的，转身走了。后来，他彻底失去了生活信心，更是什么也不想干，一天到晚提着西凤酒，喝得如一摊烂泥，连他家里那只馋嘴的狗也会跟着醉，人醉得满嘴胡话，狗醉得摇头摆尾，狗和人一程又一程，在村头那条土疙瘩路上穷撒欢。我清晰地记得，有一回，晚饭后，月亮上来了，"瘸子张四"满身脏兮兮地坐在村头的皂角树下，嘴里叼着一根旱烟卷，星星点点，明明灭灭，他的脚下，一斤装的西凤酒早已喝得瓶底朝天。张四一个人对着青白的月儿絮叨他媳妇跟人跑了那段能让人耳朵生出茧子的老故事，月亮一会儿明，一会儿暗；他一会儿哭，一会儿笑……

我长到七八岁时，听父亲说，我有一个疙瘩爷，更是嗜酒如命，他在我父亲很小的时候就死了，我自然没有见过。偶尔，会听到我父亲念叨，说我疙瘩爷是一个给我们老张家蒙上一层污垢和灰尘的男人，也是我爷在这个世上唯一的亲人。他一生下来，脊背上长了一个大疙瘩，高高凸起，给人感觉似乎连腰都直不起来。最令人生厌的是，他平日手里提个酒瓶子，东游西逛，好吃懒做，偷赌成性，惹得四邻不安，甚至还抽上了大烟，家底一天天被抽空。终于有一天，逼得疙瘩婆带着孩子出门另讨活路了。后来，听说疙瘩婆去了北山，另外找了一个死了老婆的厚道人家过了，疙瘩爷就一个人在北崖下的院子里，有钱了下馆子喝酒吃肉，没钱了衣衫褴褛食不果腹，到头来，下场可想而知。我爷说，疙瘩爷走的时候，窑洞里挂满了蜘蛛网，炕沿上落满了尘土，陪伴他的，除了崖背上一只猫头鹰狰狞地乱叫之外，还有窑洞里满地跑的老鼠。

村里人像躲瘟神似的，没有人愿意来帮忙。那一年，我爹只有十五岁，是我爷带着他和更小的四个叔一起砍掉了院子里的两棵泡桐，钉了一口薄薄的棺材，草草埋了疙瘩爷。用我爷的话说，疙瘩爷是头上长疮脚下流脓的主，这祸害一走，满村人皆大欢喜。

和二伯、"瘸子张四"不同的是，我父亲喝酒总是有名堂的。首先是田里的庄稼颗粒归仓之后，那是一份辛勤耕耘后迎来收获的莫大欢喜。粮仓里，草席编的麦包围成一圈，鼓得圆圆的，像女人生养孩子后饱满殷实的乳房；木头搭架上串满了黄澄澄的玉米辫子，在阳光下泛着清亮的光。这样令人动容的场景，对于父亲一个地地道道的庄稼汉来说，又是多么美妙的感觉！他自然深知，有了这些谷物，全家人又可以吃上细面白馍，怎能不欢喜，又怎能不喝两盅呢？那些日子，一大早，父亲便早早去镇上，割两斤猪后腿肉，买一些花生米，再称一捆粉条，差母亲下厨炒两个小菜，然后将爷爷叫过来，坐在磨得棱角圆润光滑的矮桌子上，一盅一盅地相互对酌。我就这么静静地看着他们，任屋外的夕阳一点点漫上来，土墙一点点低矮下去。一缕酒香，在院子里荡来荡去，像爷爷和父亲操劳一季又一季的美梦，在风中飘来飘去。

父亲也有耍酒疯的时候，肯定不似我"疙瘩爷"那种癞子和地痞样子。记得住老屋的时候，隔壁的八爷仰仗着自己是医生，大儿子是生产队长，二儿子在省城吃公家饭，时不时地在两邻的庄子界线上挑事。比如说，他家的梧桐树可以随意伸到我家院子里撒欢，我家的枣树却不能，若是生出的旁枝过了墙头，哪怕是一点点，准会被他拿着斧头狠狠地砍掉；再比如，那年秋天，他家盖房，院墙拆了两个月，拴一条狗在空地上，狗脖子上的绳子挂得老长，一不留神就往人身上扑，吓得我们几个在这边院子里都不敢动弹。母亲好言相劝，让他们将绳子拴短些，涂脂抹粉的八婆不但不听，嘴里还骂骂咧咧的，什么跟穷鬼住隔壁真是倒了八辈子霉，木头、砖头瓦块都在自家院子里，这么大的摊场，防个贼碍着谁了。母亲吵不过她，只好偷偷躲到房里抹眼泪。更气人的是，房子盖好砌院墙的时候，竟然往我家院子里伸过来近五厘米。父亲当然不愿意了，想大闹一顿，又恐日后八爷当生产队长的儿子给穿小鞋。眼看他家院墙快砌好了，父亲想了个主意。那日早饭后，父亲怀揣一瓶西凤酒，咕咚咕咚喝下半瓶，装作摇摇晃晃地挤到干活的工匠面前，让他们停下来，好好看看，已经砌过界墙了。谁知几个工匠头也不抬，说了一句，找主家去，我们只管砌墙。

说完，绕过父亲又提起身旁一块砖头继续干。父亲看软的不行，来硬的。他提着酒瓶子在空中抡了几下，嘴里大声呵斥，停下，停下，谁再继续干，我就让他脑袋开花。

父亲这番"狰狞"模样惊动了八爷，也着实吓着了八爷。他赶忙去生产队里喊回了儿子，院子里一下子围了很多人。许是酒精的作用吧，父亲已经完全控制不了自己的情绪，他索性坐在砌了半人高的墙上，从兜里掏出皮尺，只顾扯着嗓门喊，二爷，三爷，五叔，六婆，你们都过来看看，现场丈量一下，是否过界墙了。还说，要是他错了，宁可从八爷的裤裆里钻过去。在场的人，碍于队长的权势和情面，没人吭声，但也没有一个人离去。这正好中了父亲下怀，他浑身的兴奋和胆量同时被调动起来。我清晰地记得，他身子晃着，脑袋偏着，舌头发硬，脖子上的青筋一根一根鼓得老高，完全一副天不怕地不怕的样子。八爷的队长儿子知道自家理亏，又当着村子里这么多乡亲，面子上过不去，只好红着脸给自个儿找台阶下，呦，还真的偏了一点点，可能是放线绳子偏了，你看这远亲不如近邻的，咱肯定不能弄这事，马上拆，马上拆。

父亲一看形势大好，索性借着酒劲，当着大伙儿的面给八爷当队长的儿子又是作揖又是鞠躬，完了又喊我母亲从我书包里掏出本子撕了一张,让人家立下字据。整个过程中,父亲俨然是主角,不用说,我们家院子的完整性也被保住了。只是,父亲那既夸张又耍赖的"跳梁小丑"姿态让我很长一段时间不能理解,甚至还觉得他有点小题大做,不就是一砖头宽的地儿吗,偏就偏了,至于弄出这么大动静?而且,那段时间,我上学放学的路上,同伴们总躲着我,不和我玩。他们认为,万一哪天和我玩生气了,我父亲会提着酒瓶子打他们脑门的。

我的郁闷,父亲当然看出来了。那日,他将我拽到他跟前,慢悠悠地说,爸知道那天喝醉了吓着你了,可是,人家有势力,不这样干,他占咱的地儿能要回来吗?你是女娃,长大以后要嫁人的,可你弟弟就不一样了,我得替他守住这房子。你看,咱沟西的那片地,你三婶和五叔为了地畔上的一行玉米苗都骂得脸红脖子粗,差点锄头都使上了,不就是为争一口气?咱这乡里人,什么都可以让,唯独地界、宅基地,一丝一毫都不能让,否则,一个家族,还有什么脸面在村子里招摇?娃呀,老祖宗说,马善被人骑,人善被人欺,你大了就知道了。

父亲说完,深深叹了一口气,出了房门。我望着他的背影,似懂非懂,但有一点明摆着,他之所以能赢,肯定是酒壮了他的胆!

之后很多年，父亲很少喝醉，当然了，逢年过节，我定会给父亲买酒喝。那酒，哧溜哧溜下到他老人家肚子里，族里长短，前尘旧事，絮絮叨叨，没完没了，仿若乡下人平日里很多不善于表达的一些悲喜欢愁都在酒里发酵和膨胀。

苜蓿、父亲和牛

张静

印象里，父亲很少笑。即便我手捧红艳艳的奖状从学校一路狂奔回家，他也只是淡淡地看几眼，然后，又兀自忙自己的事情了。

父亲生于新中国成立前，只念了几天完小，他识的字很有限。在父亲眼里，念书上学是我的事情，种地打粮是他的事情，互不相干。

父亲要忙的事情很多。比如每天早起第一件事情便是拾掇牛圈和猪圈，其中以清理牛粪和猪的屎尿为主。每当这个时候，父亲板着脸，一边用扫帚清扫，一边用铁锨铲，嘴里骂骂咧咧，骂的话粗糙又难听。他偶尔还会生气，用扫帚在牛脊背或者猪屁股上抽几下，是对牲畜没有将排泄物拉到指定角落的一种严厉警告。当然，那动作不会太大，最多意思一下。

父亲的右手被打糠机伤了之后，在生产队的菜地和饲养室里都干过。菜地比较远，加之父亲忠厚善良，担心我去了，即便没有摘吃黄瓜和西红柿，也要落人闲话和口舌。所以，村里的菜地，父亲坚决不允许我们姊妹三人去的。倒是饲养室，可以去转转。毕竟，那里除了牛马和骡子，就是一堆又一堆的青草。

我发现了一个奇怪的现象。那就是饲养室的牛从村子南边的坡地或者西边那一大片低洼处犁地回来，父亲亲昵地为牛梳理尾巴，清扫尘土，从头到脚，一丝不苟。完了，父亲还赶紧张罗着给牛喂清清的水，吃干净的草。夏日里，担心牛被晒着，他牵着牛绳子到处找树荫。有一次，他蹲下身子给牛剔除蹄子上磨出的老茧时，牛用一双温和的、受用的眼神盯着父亲。父亲当然感知到了，他笑着拍拍牛脑袋，和牛说着稀奇古怪的话。而我从学会走路，学会吃饭，父亲从来没有管过我的吃喝。对于这一点，我很有意见。还有一回，那头黑色的骡子去二十里铺拉砖时不小心滑进路边的水渠里，蹭破了腿关节的一块肉，父亲很细心地用盐水给它擦洗、上药、包扎，连续几日，父亲吃不好饭睡不好觉，一副焦灼疼惜的样子让我对饲养室里那几只牛马和骡子真的是既羡慕又嫉妒。

除此之外，父亲喂饲养室的这些牲畜很有一套经验。他知道苜蓿、打碗花、冉冉草，咪咪毛等牛马和骡子喜欢吃的草什么时候最柔绵，什么时候最茂盛；草沾了太多的露水怎么处理；甚至天凉了，储备的干草须用铡刀将枝节铡得越短越细碎，牛吃了不会积在胃里消化不良。总而言之，父亲像这几头牲畜的衣食父母一样，管它们的吃喝拉撒睡，一丝不苟，任劳任怨。

喂牲畜，苜蓿是最佳饲料。村里的苜蓿地很远，在靠近河湾的半坡上。通常父亲会起个大早，驾着马车去割草。他出饲养室院子的时候，隔壁四娘家后院的大红公鸡正准备将脖子伸出栅栏打鸣，静静的村庄还在沉睡着。偶尔，勤快人家的烟筒里冒出几缕淡蓝色的炊烟。父亲的背影落在一片晨光里，牛蹄子的踢踏声回响在疙里疙瘩的土路上，衬着天边缓缓升起的太阳，像极了一幅水墨画。

父亲和他的牛车出了村子往河湾方向去了。一路上,一串串晶莹剔透的露珠在绿油油的玉米叶子上打着滚儿,车前草被深深地压在车辙下,绿色的汁水被挤出来,沾满了车辘轳。下了两架坡,老远看见半坡上的苜蓿地罩在一层薄雾里,风儿吹来,感觉那云雾在半坡上飘来荡去,连坐在马车上的父亲也像坐在云雾里似的,他的发梢湿了,鞋子也湿了,陈旧的衣裳也湿了,可他顾不上,他的目光落在翠绿的苜蓿地,那汪洋一般的绿色,多少会抹去父亲被贫瘠日子压得喘不过气来的沉重和愁苦。

清晨的苜蓿地一片静谧。没有风,一层清雾若隐若现。父亲蹲下去,拿出镰刀割苜蓿。牛儿自己在一边吃着苜蓿,它的嘴角抽动着,咀嚼的声音清晰可闻。那牛儿吃饱了,很是惬意地从鼻翼间冒出"哞——哞——哞——"的几声。这声音拉得老长,像乡村深处的咏叹调。

父亲割苜蓿的动作也很轻。他左手轻轻将一撮苜蓿揽到身子跟前,右手用镰刀从根部轻轻割下来,绝对不会胡乱使劲乱砍或者随意乱拽。割过的新茬口,也是整整齐齐、平平展展的。因为父亲知道,这一片苜蓿地在半坡上,灌溉渠里的水浇不上，只能靠天生长，长成目前的态势实属不易，更不能在他手里被毁掉。何况，春天里，地里的麦子刚起身，菜刚下种，家家户户还要分得一些苜蓿菜，用以度过青黄不接的困苦时期，怎能不小心翼翼呢？

偶尔，下午放学后，庄子里淘气的狗蛋准要带着一帮男孩子窜到这一片苜蓿地里玩耍。他们跑着、躺着，打斗嬉闹，甚至驴打滚似的胡乱踢腾，只要他们出没的地方，准会有一大片的苜蓿被糟蹋。父亲又急又气，大声吼着，撵着。孩子们东躲西藏，搞得父亲筋疲力尽。不过，孩子们毕竟小，他们终究跑不过父亲的长腿宽身子，不一会儿，便被父亲捉住。父亲横眉竖眼，扬起巴掌，却最终没有落在孩子们身上。他瞪着眼睛，嘴里骂道，还不快走，下次让我逮住了，绝对不饶你们。父亲骂完，弯下腰，将孩子们匍匐倒的苜蓿割下来，若有被踩松动的苜蓿根，父亲用新的土填平压实，方才罢手。

暮色四合，父亲驾着他的牛车走出苜蓿地。牛车上，高高一摞子苜蓿被码得齐整有序。半坡尽头，天边火红的夕阳、父亲长长的影子以及他脸上满意的微笑，被瞬间凝固。

祖母童唐氏

张静

祖母生于任家堡的童氏人家，童氏往上数三辈都一贫如洗。祖母长到五岁，食不果腹，衣不蔽体，后过继上唐村的唐姓人家，得以安身。十六岁那年，祖母嫁至我爷所在的西坡村，故而，祖母殁后，其墓碑上刻着童唐氏……

一

祖母嫁到老张家，前前后后生育了八个孩子，五男三女，家里穷，实在养活不了，将自个儿生的——我的三叔和小姑送了人。其中三叔给村里一个族里的七爷顶了门,小姑则送给镇子里不生育的王八老两口,算是分别讨了活命。

我爷自幼丧母又亡父,祖母嫁过来后,自然不用像村子里别的人家媳妇那样给公婆端屎端尿、端茶倒水,可祖母一双三寸金莲的小脚从早到晚也歇不下来,她每日早起晚睡,家里大大小小八张嘴的吃喝拉撒都要她一个人伺候。地里的活干不了,屋里喂鸡喂猪,纺线织布,缝缝补补,哪一样都难不倒她,算是一把好手。

我爷父母早逝,寄人篱下惯了,凡事总是忍让为先,但祖母不是这样的。她的腰杆挺得很直,头仰得很高,活得很硬气,很倔强。最主要的是,在村里人面前,祖母是绝对要维护我爷的面子和老张家的地位的。村子南边的自留地里,二狗她妈在地界上撒了一行黄豆种子,密密匝匝。祖母立马高声吆喝我爹,去,炕席下的塑料袋里还有剩下的玉米种子,拿来,点几窝,哪有这么欺负人的?碰上不贪便宜的邻家,祖母则在下地前再三叮嘱叔叔和姑姑,西边大田两边的二爷和七爷都是好人家,咱连畔种地,得明明白白、清清爽爽,地界上的杂草拾掇利索,别堆着,下一场雨,草活了命,乱窜一气,荒了地,耽误人家收成,缺德事,不能做。最令人哭笑不得的是,队上分麦子、玉米、油菜等谷物时,她会一路踮着三寸金莲挤到跟前,眼睛睁得老大,一分一厘,谁也别想在磅秤上糊弄老实巴交的爷爷。村里人都说,我爷能娶到祖母,是上辈子修来的福气。

母亲和二婶过了门之后,祖母的地位迅速升级,她将婆子妈身份拿捏得很像一回事。用祖母自己话说,架子得端稳当了,谱儿也得摆周正了,这家规门风任何事都不能丢,丢了,会让人瞧不起的,但也不用一日三餐将碗筷放在盘子里,毕恭毕敬地递到公婆手里。

母亲说,那日,祖母把她和二婶叫到跟前,指手画脚地说了一大堆的礼数和家教,诸如尿盆每天晚上必须放到上厢房的窗户下面;从窗户前走过时,要先咳嗽几声;擀面时,手劲要匀称,动作要舒缓,不能像抖筛子一样,更不能喘粗气,让人听了难受。再比如,和村里人、族人相处,不可浅薄,不可卑贱,更不可贪婪,很多事情,人在做,天在看,自有公道的。

祖母是这样说的,亦是这样做的。她懂得知恩图报,懂得人敬我一尺,我还人一丈;更懂得,男人是天,女人是地,天地合一，气象万千。一段时间，我们老张家风气日上，人丁兴旺，颇受族人敬重和爱戴。

二

冬天的乡村并不都是阳光煦暖。多数时候，家家户户的大门几乎都紧紧闭着，偶尔听到谁家的门吱呀一声，准会有大黄狗"汪汪"的叫唤声。对于不同人，大黄狗的叫唤是不同的，比如串门子的熟识的乡邻来了，它会压低声音意思两下，然后摇头晃脑起来；碰上为庙上讨要钱币和粮食的神婆进来了，先是仰着脖子使劲叫，等主人推开房门吼两声，马上缩进墙角或门背后不吭声了；可要是一身补丁摞补丁的叫花子进门乞讨时，准会"噌"地一下从窝里蹿出来，四只爪子不停地乱扑腾，那家伙，那叫一个趾高气扬呢！

祖母对自己抠门得很，对别人却很慷慨，尤其是对庙里的人，大方起来丝毫不含糊。周围的韩家湾、刘家堡、王家崖、杨家沟、三官庙等村子里都有小寺庙，碰上庙会，那些道人或者尼姑都会背着一口布袋子走村串乡讨布施。每每他们来我家时，祖母当即撂下手里的活，三步并作两步进厨房里从面缸里舀面。她每次把碗都舀满了，还要用手使劲压实铺平，再添上一些，直到满得差不多溢出来了，才停住手拿给人家。

碰上讨饭的，祖母更有一颗仁慈之心。有一回，快吃晌午饭时，一个讨饭的来了，是个男的，五十多岁，大抵是前晚在谁家麦草堆里蜷了一夜吧，乱蓬蓬的头发上落满了柴草。脚上一双旧布鞋，大脚趾都露出来了，鞋帮上沾满了牛粪，一进门，我家黑仔就扑了过去。

祖母正在厨房做饭，她一声吆喝，黑仔停住了张牙舞爪的姿势。祖母看了讨饭的几眼，喊我拿两个馍过去。

讨饭的双手接住后，似乎没有马上走的意思。厨房里，祖母做好的烩面片里，胡萝卜、豆腐和蒜苗的清香扑鼻而来，他肯定闻到了。我清晰地看到，他的唇角微微动了几下。

祖母当然看出来了，问讨饭的，带碗了吗？

讨饭的明白了，喜出望外。他赶紧蹲下身子在破旧的塑料袋子里一阵乱翻，终于在两件揉成一团的旧衣服下面，翻出了一只浅绿色的洋瓷碗，瓷掉了好几片，碗边开了几条细口子，底下碗托摔烂了，多半圈都缩了进去，压根没法端在手里。

祖母看了几眼，二话没说，返身进厨房里，盛了一碗面给了讨饭的男子。那男的脸红了，不知说什么好，只管点头哈腰，还朝着祖母双手使劲作揖，表示感激，完了才蹲在房檐台下的空地上，狼吞虎咽地吃了起来。

祖母示意我把身边空着的马扎端给讨饭的，我虽然不愿意，但还是照着祖母的吩咐办了。当我端着凳子靠近讨饭的时，一阵难闻的刺鼻味道让人直皱眉头。祖母白了我一眼，我赶紧把表情收了回来。那男人头也不抬，只顾吃，吃了一少半，又好像想起什么似的，停下来，操着很浓的外地口音嘀咕了一句，谢谢好人。

男子边吃边说开了，声音很小，大抵意思是，老家闹旱灾和虫灾，地里的庄稼颗粒不收，没办法，出来讨活命了，碰上祖母这样的好人，是他命里的造化。还说，祖母好人有好报，连我也是，心眼好，肯定能吃上皇粮。

祖母淡淡一笑说，没什么，天下百姓是一家，老天不长眼，饥荒不择人，吊住命了，就有活头和盼头，日子总会好起来的！

那男子"嗯"了一声，埋头吸溜起来，汤汤水水一起往肚子里咽，一并咽下去的，是眼角湿湿的一滴泪。吃完了，他用嘴巴顺着碗一周仔细舔了起来，直到把整个碗都舔干净了，准备还给祖母，祖母微微一笑，说了句，送你了，莫嫌旧哟。

很奇怪，讨饭的男子走的时候，我家门口的大黄很乖巧地窝在那里，一动不动。

三

祖母一辈子大字不识，却不忘叮嘱我要好好读书。打我背起书包的第一天，就听她絮絮叨叨地说，女孩子，不读点书，只有像她、母亲和婶子们一样，围着锅台转一辈子，还要生儿育女。苦上多半辈子，碰上儿女过活好，孝顺懂事的，还能享上几天清福，可若是像村东头的八婆那样，还不如拿根绳子吊死算了。

祖母还说了，这么多孙子孙女里面，唯独我是念书的料。堂屋里，报纸糊满的墙上，一张张贴得整整齐齐的奖状，肯定是我的。而且，祖母总喜欢摸我的手，她说我的手一点都不像拿铁锨握锄头的手，更不像穿针引线的手。我的手，柔软小巧，像极了吃公家饭的手。所以，当我懈怠和贪玩时，祖母的脸就阴了起来，那种阴，足足让我小心翼翼好几天。记得那时，我正上小学三年级，一放学，祖母的三寸金莲就转到我们学校门口了。她不许我和伙伴们踢毽子、玩沙包，只顾在人堆里牵着我的手,像牵一只小狗一样,径直回到家里。一进门,我先写作业,背课文,跪在院子里,用手电筒里的废旧电池的碳棒,一遍遍写生字。即便她不识字,也要监督我做完后,才能提上草笼子,去打猪草。记忆比较深的是,大忙天的拾麦子,学校要求每个学生放学后都要拾麦穗,笼子拾不满,不让上课,还要罚站。祖母悄悄来到地里,偷偷跟着拾麦穗的学生队伍,趁老师和伙伴们不注意,将一大把麦子塞进我笼子里。开始,我很不满意祖母这样做,劳动多光荣呀,怎么能这样呢?再说了,让其他伙伴们看见了,会笑话我的。一次,我把祖母偷塞进我笼子里的麦子扔掉,她急得涨红了脸,把我拽到一边,轻轻拧着我的耳朵说,傻妞,早早拾够了,就可以坐在教室的凉房间安心写作业啦!瞧你这瘦猴模样,能吃得消这毒辣辣的太阳?拿上,赶紧跟着。

几年后,我终于顺利蹚过了千军万马过独木桥的黑色七月,迎来了全家老小皆大欢喜的一幕,祖母是笑得最动人的一个。那个桂花飘香的九月,我要离开家,离开亲人,开始自己崭新的人生路了。走的时候,祖母哭得稀里哗啦。我安慰她说,等我挣钱了,就把您接到城里去,让您看高楼林立,看万家灯火，看繁华热闹、车水马龙的城市。那灯火，一定比咱小县城那窄长的街道里闪烁的还要鲜亮和绚丽呢；那车流，似掉线的串串一般，方便极了，我陪您逛商场、遛公园、转动物园。

祖母喜欢听我讲城里的见闻。我告诉她，城里的马路很宽，宽得几辆车并排开着走；城里的树很多，都开姹紫嫣红的花；城里的楼很高，高得直插云霄；还有，城里的男人很潇洒，女人很洋气。

祖母笑着问我，有没有涂脂抹粉和扭水蛇腰的坏女人？

呵呵，有的，不过，不一定都是坏女人。爱美是女人的天性嘛，人家追求时尚和个性，卷卷毛蛮漂亮的，香水味闻起来也很清香呢！我笑着告诉她。

祖母摇摇头说，不喜欢，像妖精。你是咱庄户人家的孩子，要懂得本分自重，简朴节约，不能那样的。

祖母如此教诲，我又怎忍心忽略？此后的日子里，我一直素面朝天地游离在城市和乡村之间，让自己清新简约得如同路边的一棵小草、一片绿叶。祖母说，她很喜欢。

四

祖母的孤独寂寞和落落寡合是从我爷走后开始的。那一年，我已参加工作，最小的五叔也成家了，患肝癌的爷走完了他七十三载的人生路，撒手人寰。办完爷的丧事，父亲和二叔、四叔商量，让古稀之年的祖母跟着我们三家轮换生活。

当把这个想法告诉祖母时，她的脸板得平平地说，哪儿都不去，就窝这了，你们若有心了，就多来坐坐，看看我老婆子。说完，她坐在炕头，点了一管旱烟，独自抽起来，也不吱声。

其实，父亲和叔叔们都明白，祖母除了舍不得刚成家的五叔，更舍不得和爷一起住久了、住惯了的小院。从那以后，几个儿子再也不提这事了，只是逢年过节和夏秋两季，都主动给祖母送来零花钱，看病吃药的花费不用小叔掏，其他几家平摊。

一年后，五婶生了小孩，祖母依然在做饭、洗尿布、看小孩、喂猪、喂鸡，那双被紧裹的小脚仍旧不停歇。可我明显感觉到，她脸上的笑容少了。

我有些纳闷，问母亲，是不是五婶待祖母不好？

也不是，毕竟她年纪大了，你五婶还年轻，话也少，没啥打紧事，没啥唠嗑的话题，加上原来经常和她一起诵经聊天的五婆、六婆、七婆等一个个离世，当然寂寞了。

等五叔的孩子会走路后，祖母的三寸金莲根本撵不上活蹦乱跳的小堂妹。多数时候，她只能坐在屋檐下，隔着老远的距离，扯长耳朵听自己的亲孙女在院子里嬉闹玩耍。再后来，我弟弟和堂弟都有了孩子，母亲和二婶忙着带孙子、料理家务，平日里，若没什么打紧的事，也很少过去陪祖母，她更孤单了。她开始把爷的照片翻腾出来，一遍遍地擦，还学着爷在世的模样熬茶喝，一只黑黝黝的茶壶里，翻滚着茶叶的苦香，也翻滚着祖母的孤老时光。

其实，祖母心里清楚，二叔和四叔吃公家饭，身不由己的时候多；五叔要养活未成年的孩子，农闲时得外出打工，哪能经常陪着她消磨日子呢？在这种情况下，只有父亲得空带着我侄子和侄女去陪她一会儿。父亲说，有一回他是吃罢晌午饭转悠到祖母那里的，屁股刚挨着炕沿，祖母就眯着眼睛开始絮叨起来，等絮叨完，窗外已是一片暮色。

父亲说，那是祖母难得开心的时候。她不是从抽屉里取出糖果和点心逗重孙玩，就是打开话匣子，老张家陈芝麻烂谷子的往事，一遍一遍念叨，不厌其烦。

又过了几年，祖母逼近九十高龄，村子里，仅剩的八婆和二爷也瘫痪在炕头。门前的石礅上，祖母偶尔坐在上面，满头的白发被风吹散。而距石礅几步之外的水泥路上，村里的孩子正骑着彩色的童车叽叽喳喳地尖叫着，几个年轻媳妇哼着歌儿、提着笼子往地里走。起初，大人和孩子还会停下来，问候祖母一声。可她眼花耳背，看不清、听不清是谁在问候她，自然面无表情，失了礼数。时间久了，人家也拿祖母当一缕空气了，更不会有人主动上前，拉着她的手，唠几句家常，或者讨个土方，祖母更是孤零零的，像一缕轻风，似有似无地飘着。尤其近几年，村里很多年轻人拖家带口去了城里，除了农忙时节回来收庄稼或者过年过节回来转一圈之外，其余时间，村子里空荡荡的，死一般寂静。祖母拄着拐杖，佝偻着身子只在家门口溜达，她凝神盯着某个方向看，像是在找寻什么。

有段时间，父亲打电话告诉我，祖母似乎很怕死。即便一点点头疼脑热，她都会即刻差父亲去请医生八叔。八叔来了，祖母一个劲地说，给她开些好药，打些好针。八叔笑着答应，一定，一定，您不会有事的，好好休养，享福的日子还在后头呢！

　　祖母还是走了，她和所有离开我的亲人们一样，成为我梦里的一个影子。父亲说，祖母走的时候，轻唤一个个没有看到的亲人的名字，我从百里之外赶回去时，她已咽气，躺在冰冷的棺材里，满脸安详。入殓时，小姑、我还有堂姐一起给祖母铺棺木。我们将祖母身下的褥子铺得平平展展，把一枚枚银币按照阴阳先生的叮嘱细心摆好，用一卷卷柔软白净的纸，将她严严实实地围进棺材里。棺木合上了，祖母永远睡在里面了。几日后，祖母被埋在杂草丛生的坟场里，她的坟头，一株松柏，一株泡桐，成为我们长青的思念。只是，最终祖母也未能去我的小城，这成为我此生最大的抱憾。我想，如果有来生，我一定要带祖母来我的小城，看一看这里的蓝天、白云、碧水和青草，是否和她眼里的一样？

"瘫子婆"

张静

鸡刚叫头遍，我醒来了，先是帮母亲清扫院子。当扫到大门外面时，看到我家斜对面的"瘫子婆"正蹲在门口，一下一下清理着门前堆积如山的沙石和砖块。她佝偻着几乎缩成一团的身子，看似笨拙，却又很干练。

"瘫子婆"其实不太老，只是按照辈分我管她叫"二婆"而已。直到现在我还记得"瘫子婆"嫁到村里最穷的五爷家的那副情景。那个时候，整座村子还在塬下的半坡上。听说五爷家老二贵子娶了个很漂亮的媳妇，全村人都很惊讶。因为五爷家的老二贵子，天生残疾，背部长了个大包，鼓得老高，这使得他的个头再也长不起来了，走路腰也弯得像笼子的提手，所以，从小到大我们都叫他"弯腰爷"。

"弯腰爷"的新媳妇确实漂亮。水汪汪的大眼，嫩白细腻的脸蛋，两只系着红头绳的麻花辫子像绸缎一样搭在胸前，整个人被绣着干枝梅的大红棉袄一衬，显得妩媚动人，人见人爱。唯一让人叹息的是，这个美得赛仙女一样的新娘，生下来腰椎和筋骨都有问题，站不起来只能蹲着，要靠两只手和两只脚一起撑着地面才能往前一步步地挪着。拜天地那天，我除了抢了几个撒落在地上的水果糖之外，还目睹了"瘫子婆"和"弯腰爷"这一对同病相怜的残疾人在亲戚、村人的祝福中艰难地走到了一起。

那是我见过的最特殊的一对新人，这给当时的我留下很深的印象！

不过，拜完天地后，很少看到"瘫子婆"。她几乎不出门，不过，她的心灵手巧却很快在村里传开了。母亲说，她从早到晚在家里绣着枕巾、枕芯、门帘和袜垫，那牡丹呀、凤凰呀、水鸟呀什么的，经她手里一针一线后，花儿会说话，鱼儿会摆尾，活灵活现呢。村里有些不大会做嫁妆的人因此会经常拿着买好的布和花丝线去找她帮忙，"瘫子婆"有求必应，总能及时地将这些活绣完交给人家。长此以往，她的口碑很好，人们也很乐意让她做，顺便给些手工费，这样下来"瘫子婆"和"弯腰爷"虽然过得不富裕，但也不缺吃少穿，日子一天天地往前掀着。

那一年的秋天，一场场绵延不绝的大雨持续了一月有余，村里一些年久失修的老房子都出现了裂缝和歪斜，好几户人家的窑洞也坍塌了。一个大雨滂沱之夜，"弯腰爷"家的窑洞塌了，他的爹娘被埋在里面。两天两夜后，等全村人手忙脚乱地把他们从土里刨出来时，五脏六腑都被压出来了。我清晰地记得五爷五婆是用被单裹着抬出来的，血肉模糊。"弯腰爷"和"瘫子婆"一把鼻涕一把泪地号着，全村人都为之揪心，这以后的日子，两个没爹没娘的残疾人可咋过呀？

下葬后，因为担心再出人命，在镇上统一安排下，全村开始了整体搬迁计划。

新庄子有两块，一块紧挨天绛公路，要种坡下的地，稍微偏僻一些。另一块选在塬上，平坦宽阔，还挨着一队和二队，人多热闹。为了避免纠纷采用抽签决定各自的新庄子，"瘫子婆"和"弯腰爷"抽到了塬上，还和我家住了对门。入冬前，我们都搬进了新庄子，因经济拮据，各家各户只盖了上房先落住脚，所以几乎都没有院墙和大门，我每天出出进进总能看到"瘫子婆"的身影，很是佩服她没有坐享其成的懒散和依赖。二老不在了，她得自己活出个人样来，地里的农活做不了，家务事却没一样能挡住手。"弯腰爷"大到簸箕小到扫帚都是为她特制的，比如压面机和锅台有点高，"弯腰爷"给她撑个椅子四角固定在一个位置，她拖着整个身子从地上蹦到凳子上再从凳子上蹦到地上。如此一番上蹿下跳之后，压面切菜、烧火做饭一样都没难倒她，习惯了竟然行动自如，如履平地。就这样，远离了兄弟姐妹的关照，"瘫子婆"和"弯腰爷"的院子里也是饭菜飘香，笑声朗朗呢！

过了几年，庄户人家腰包渐渐鼓起来了，家家户户都盖了门房，装了大门。虽然"瘫子婆"和"弯腰爷"家的院墙不太高，门也很简陋，甚至还有一半的院墙是土墙，但这扇门还是把"瘫子婆"和外面的世界基本隔了起来,加上我考上学去了城里,回家见到"瘫子婆"的机会更少了。

听到"瘫子婆"家里有小孩哭声的时候着实让我吃了一惊。那年夏天,我毕业了,卷起行李到单位先报到后回到阔别半年的家里。我刚走到家门口,听见从"瘫子婆"家的门缝里传来一阵又一阵娃娃的哭声,赶忙回家问母亲怎么回事。母亲告诉我,"弯腰爷"的姐姐看着两个苦命相依的人一晃到中年了,膝下没有一儿半女,若是老了连个端茶送水的人都没有,于是求了很多人家,给张罗了两个被遗弃的小女孩一次抱了回来,孩子已经快半岁了。为了这两个孩子的奶粉钱,村里用救济款给"弯腰爷"买了修鞋机,他自己又琢磨学会了修鞋,起早贪黑地背着修鞋机赶集修鞋,风雨无阻。

因了这两个孩子,"瘫子婆"收起了心底那份自卑,开始出头露面了。整个假期我经常会看到:一个简易的木车车里推着俩宝贝丫头从那低矮的院子到门口,一趟趟地来回拉着。那双整日撑在地上早已被磨出又硬又厚茧子的手,不停歇地拖着整个人噌噌噌地往前跳跃着,汗水一股股地从她的脸上流淌下来。她的嘴里不停地喊着,大妞不哭,二妞不闹,妈这就来了。可不是，两张嘴，一会儿冲奶粉，一会儿糖水泡馍，一会儿撒尿一会儿拉屎，忙活到她的脊背从来都是汗津津的。

不过，"瘫子婆"也有幸福满足的时候。那就是俩丫头吃饱喝足后，咯咯咯地笑着，嘴里还咿呀咿呀地叫个不停，这个时候的"瘫子婆"最美丽。她腾出一只手捋了捋额前汗湿的秀发，另一只手用纱布给孩子擦着唇边溢出的奶和馍渣，那善良的眸子里溢满了一个女人为人母时的莫大幸福。我到现在都不能忘记，那双依然美丽的大眼睛里藏着怎样让人动容的微笑，仿若孩子的存在就是她整个生命的天空。那一瞬，我第一次认识到，原来，母爱可以让一个人焕发出如此醉人的神采。

整个假期，这样的情景，成为我记忆里最深刻的一幕！

成家为人妻为人母后，工作和家庭的忙乱让我回老家的次数不是很多，不过，每次回去，"瘫子婆"从门里蹦出来看见了我，总要淡淡地笑一声，说，回来了。我也温和地寒暄一阵，问孩子们好不好，需要帮忙不？她红着脸客气地说，不用了，都很好！

可是，世事难料，命运似乎总难眷顾那些老好人。"弯腰爷"

得了严重的肺病,每到冬天,一犯病,整夜整夜地咳嗽,父亲说他站在我家院里都能听到对面那一声接一声撕心裂肺的剧烈咳嗽。终于,那个家家户户门上张灯结彩欢庆农历年的前夜,西北风呼呼地怒吼着,漫天的大雪纷纷扬扬地刮个不停,"弯腰爷"终于没能熬过天寒地冻的这一季,撒手人寰了。

出殡那天,两个未成年的女儿披麻戴孝顶着烧满纸灰的瓦盆,哭成泪人一般。后面是被拉到架子车上悲怆到几度昏厥的"瘫子婆",全村人都被触动了,出力的出力,出钱的出钱,总算让"弯腰爷"入土为安了。

经过这次家庭惨变之后,"瘫子婆"又几乎不出门了。除了村头最近的那片自留地瘫子婆自己下地,远一点的,只好交给门子里的自家人种了。她很倔强,从来不麻烦乡邻,别人除草她拔草,别人割麦她用剪刀剪。玉米棒子成熟了,她用短把的锄头顺着根部挖倒枝干,然后再一个个掰下来,这样,同样一片地,她花的工夫要比常人多好几倍。若是路过的人要进去搭一把手,她总是婉言谢绝说,大忙天,龙口夺食的,大家都不容易,我慢慢干就行了,不急不急。说完,她又擦了把汗埋头撑着干起来。两个女儿一左一右,或帮着将剪好的麦穗从笼子里装进袋子里,或将散在地里的玉米棒子收拾到一堆。一家三口娇小的影子淹没在庄稼地里。

时间过得真快,一晃"瘫子婆"的两个女儿长大了,大女儿上师专,学杂费全免,村上每年给予六千元生活补助;二女儿学了理发,在镇上的理发店打工。村委会还为她一家子申请了低保和困难补助,一家人衣食无忧,"瘫子婆"的脸上又露出了久违的微笑。空闲的时候,她也会撑着微微发胖的身子一步步挪到村头的皂角树下,和七婶八娘她们唠家常,乐成一片。秋天苹果成熟时,村上妇女们为苹果贩子装箱,也会用架子车将她拉到现场,"瘫子婆"手脚利索,装得又快又好,赢得满场赞叹,一天四十元工钱,也能贴补一下家用,她口口声声感谢大家的照顾,做事更卖劲了。

这个假期,镇上准备用扶贫资金为"瘫子婆"翻新房子,我看到她门前堆满的沙石、水泥和楼板,就是前阵子镇上专门送到她家的。

听说雇的是长命寺那边最好的颜木匠,正在王家沟为别人盖二层楼,那边再过一阵就能完工。不久的将来,"瘫子婆"顶上盖着牛毛毡的老房子将要被扒掉。她的院子里,将盖起三间宽敞明亮的砖瓦房，墙面贴着瓷片，地面铺着瓷砖，她终于可以摆脱潮湿阴暗低矮的小瓦房了。

这几日，我只要一出门，就能看到她的身影一直在门口的路上忙活着，嗓门也高了，逢人便夸政策好，和谐社会好，"弯腰爷"一辈子撅着屁股都没能让她住上的新房子马上就要建成了。她的眼睛闪烁着一份惊喜，唇边泛起美滋滋的笑容，连那两只支撑身子的手仿佛轻松了许多，整个人一跳一跃的，似在憧憬一段指日可待的美好日子。

鸡爪树

张冬娇

村里的池塘边，有一棵鸡爪树。一到秋天，满树褐色的鸡爪果蜿蜒盘曲，宛若虚空之花，人们自然而然就会想起那位种树的老人，村里人都称她为菊花老娘——在我们家乡，对年过半百的男人叫老倌，年过半百的女人叫老娘。

三年前，八十八岁的菊花老娘，佝偻着一把老骨头，持把锄头来到池塘边把这棵树栽下，看见她的人就笑她，都这把年纪了，还种什么树咯，你又不一定能吃到。菊花老娘呵呵地笑，我就是栽给你们吃的撒。她那张瘦脸,满布刀刻似的皱纹,笑起来聚拢一堆,正像一朵开得正艳的菊花。

菊花老娘虽说年纪大,一把老骨头还挺硬朗,耕田种菜,养鸡养鸭,事事无碍。闲时,也拄着拐杖,"嗒嗒嗒"地东家串串,西家站站,"仔佬——仔妹——"她的声音尖高带点嘶哑,听起来喜庆又亲切。大家知道她喜欢开玩笑,就笑她:"你个老锄头挖的,咋还不死呢,什么时候能吃上你的大肉呢?"她又呵咯呵咯笑将起来,说:"总有一天,会让你们吃上我的大肉撒。"人们也随她咯咯笑将起来,她到了哪个地方,哪个地方就充满快乐的笑声。

菊花老娘十八岁嫁到我们村,生有八个孩子,只养活了一个女儿,其余都是生下来不久就夭亡,可谓饱尝丧子之痛。她男人是退伍军人,年轻时两人性格不合,三天两头,打打吵吵,算命的对她说,你们两个,命中注定的,就像坛子对坛子,磕磕碰碰要一世。男人六十岁时,政府照顾他,让他住进了敬老院,她的日子才静下来。不几年,男人离开了人世,唯一的女儿也嫁到外地,留下她一人守着老堂屋的两间老黑屋。

经历了这么多磨难,然而,在她身上,找不到一点磨难的痕迹。从我记事起，菊花老娘就是这个样子，菊花般的笑脸，咯咯的笑声，瘦小的身材总是裹着黑色的绵绸或棉布衣，齐耳的白发被一只发夹稳稳地夹在耳边，显得清秀利索又和谐。

老堂屋地处村中心，村人逢年过节，祭祀拜祖，都集中在老堂屋。闲时，村前村后，人们有事没事都习惯去老堂屋站站、坐坐或聊聊。堂屋里陈设简陋却非常整洁，一个神龛，一张破旧的桌子，几把缺胳膊少腿的椅子，都抹得一尘不染。凹凸不平的黄泥地面，也扫得干干净净。菊花老娘皱着一张脸，看人们聊天嬉笑，也跟着咯咯地笑。

她经常拿出一些吃的，薯片、蚕豆、花生、薯粉皮等，用瓢或竹筛盛着，放在堂屋里，让大家随便吃。实在没什么吃的，她会想着法子做。记得每年打苎麻时节，人们站在老堂屋里或树荫下"呱嗒呱嗒"地刮苎麻，她便采摘苎麻嫩叶，和着米粉，做成墨黑色的苎麻糍粑，装一大碗，给大家吃。老堂屋的侧边，有一棵高大的鸡爪树，秋天果子熟了，她请人爬上树采摘，分给村里人吃。

孩子们喜欢待在这里，玩吃子儿、跳皮筋、捉迷藏等游戏。大人们也喜欢来这里，当然也会带点好吃的。有的大人外出劳作，托付菊花老娘帮忙照看下孩子，她总是爽快地答应。老堂屋门边角落里，有两个黄泥土灶，旁边堆着松针杉树枝等干柴，菊花老娘常常坐在灶旁烧柴火做饭，堂屋里弥漫着好闻的松脂香，让人觉得温暖又温馨。

有一年，我母亲生病住院，托她帮忙照看房子，并喂鸡喂猪。几天后，母亲出院回来，细心的她发现家里的东西丝毫没有动过，她感叹道，菊花老娘是一个有志气的人，也是一个可信赖的人。也许是这个原因吧，菊花老娘家里虽穷，却赢得了村里人的敬重。

后来我离开家乡去城里读书工作了，村里人也陆陆续续在村前屋后盖起了楼房搬出了原来的老屋，菊花老娘还住在原来的两间老黑屋里。每次回家，念着她的好，我会带点吃的给她。她感动得不知道怎样才好，一个劲地说，妹子，我没什么给你，家里只有自家种的花生芝麻，你不要嫌啊。

成家后的我回家次数越来越少了，菊花老娘还是这个样子，只是一把老骨头弯成一张弓了，她拄着拐杖，仍然提水浇菜，烧柴火做饭。

在她栽下树的第三年，二月的一个晚上，她躺下后再没有醒来,享年九十一岁,成了村里最长寿的老人。长寿又能无疾而终,菊花老娘也算是有福分的人了。

"总有一天,会让你们吃上我的大肉撒。"这一天,确实到了,但我相信,前去吊唁的村里人想起这句话,心里会有湿漉漉的感觉。这一年的秋天,池塘边的鸡爪树就结满了鸡爪果,那褐色的鸡爪果如鸡爪子似的蜿蜒盘曲,像极了菊花老娘的那张脸,那样喜庆豁达又充满温情。

我的五点三十分

杨晋林

五点三十分。北方四月的清晨,我把计程车准时停在晨光乍现的车站广场。

县城依旧酣睡,城里大多数居民都还编织着怪诞虚无的梦境。善于鸣柳衔泥的伤春雀,仍栖在巢里,有一只早起的小鸟倒是扑簌着翅膀,落在计程车的引擎盖上,侧着脑袋看我,身轻如叶。它一定想尝试着和我沟通一下心情;一边砥砺黄喙,一边透过车窗侧目我的表情;偶尔啁啾一声,偶尔剥啄出一声清响。我不想去惊扰它,非常可爱的小生灵,在声息岑寂的早晨独自飞来陪我。我唯恐弄出一星儿声响，干脆静静地伏在方向盘上，一如往常继续将仓促收场的清梦进行到底。

二十五年前，同样的五点三十分，只是不相同的季节和地点，我推着破旧的单车，踩着冷硬的夜色，匆匆赶往五里开外的中心小学。那时，头顶上依然是万千闪烁明明灭灭的星星，身后紧随着一言不发的父亲，还有绵绵不尽的冬寒。

出村三里半，有一土堡，父亲日复一日地陪我经过那片废墟。老人们说里边住过一户财主，人死了，家破了，财产也流落到了别人家，堡子里却没人敢住进去，年复一年土堡破败了，成了一片废墟。但我不得不面对它的存在，我总疑心那里面依然住着财主一家，只不过那家人都很怪诞，不言不语，也不食人间烟火。父亲说，啥事儿都没有，人们瞎说呢，你走你的路吧。我走我的路，但我心思不在路上，忍不住回头看看，回头看时，发现父亲站在那个土堡前的阴影里为我壮胆，所有的恐惧在那一刻消失得干干净净。

一轮苍凉的上弦月或下弦月，一座黑黢黢的土堡，还有我的父亲，永远定格在我心中的星光灿烂或晨色微曦的五点三十分。

现在我每次出车，仍觉得老迈的父亲不声不响地坐在后座上，陪我驶向城市寂寞的清晨，以致我开车时总习惯回头看看，看见后座上没人，心里反变得空落落的，不由得鼻子发酸。

五点三十分的风影飘忽如魅，渺无声息；五点三十分的一景一物像蒙着一层玻璃一样的薄膜，清冽而凄寂，富有诗一般的质地。当然，一年当中的五点三十分会有不同的气象发生，有时候天空如同罩了一块硕大绵密的幕幔，汽车的强光灯都无法穿透它的经纬，这种时候我开车会异常小心，害怕出什么事故。每个人都有约定俗成的宿命，而我把这种宿命固定在了五点三十分。

天上有一颗被晨光遗漏了的星星，苍老地俯视着地面，那是不是父亲执着的眼睛呢？

站前广场又多了几辆计程车，都是我的伙伴，相互摁一下喇叭算是打了招呼。我们各自蜷曲在车里，一脸困倦，但只要火车一进站，即使出来的只是零星几个乘客，我们也会没命地摁喇叭，瞄着乘客的方向。

天上的星星仍恓惶地眨着眼睛，让人想起受了委屈的孩子。父亲眼神里从不流露这样的表情，我坚信这颗星星肯定不是父亲，这是一个被人驱出家门的流浪儿，他的样子招人怜惜——仿佛当年我第一次离开家乡赶赴遥远的省城打工一样，身边缺了父亲的庇护，眼前的出路又那样迷茫。父亲说，好好走你的路吧，别瞎想。我听着父亲的叮咛一路走下去，踉踉跄跄地走到了今天。

五点三十分的星空只有在冬天才充满幻想，那时天上的星星如芝麻一样撒得密密麻麻，杂乱无章。明明灭灭的星辰有如父亲，有如流浪儿，也有如古英雄。一颗一颗闪烁着犀利光芒，倔强而轻狂的光芒搅乱了五点三十分的恬静与肃然。

力群先生有一幅版画就叫《黎明》：一头白毛驴，一头黑毛驴，寂寞地行走在黎明前的河沿上。瓦蓝瓦蓝的天穹，一轮圆月如明镜高悬，远山缥缈，长河如带，一株散漫的开杈古树……骑驴老汉手搭凉棚，眺望黎明时分模糊不清的旷野，似乎听得见白毛驴呜哇呜哇地鸣叫，倒是负重的黑毛驴亦步亦趋不声不响……画中的意境是我童年时的向往，想象那个头缠白毛巾的老汉骑在驴背上的样子是那样悠闲，驴蹄踏破了薄薄的一层曙色，鸡鸣狗吠的乡村近了又远，远了又近……

如果那时候老汉手腕上戴一块表，我想必定就是五点三十分了，五点三十分的老汉是去赶集呢？还是去走亲戚？身上的棉袄一定被夜露或薄霜打湿了，他沐浴在蛋青色的晨曦里，为几斗米而奔忙……我一直痴迷于那种清澈见底、如诗如画的五点三十分，清冽的河水哗哗地流淌，婆娑如兽的古树点缀在散发宣纸味道的河堤上，有着古隋堤上杨柳迎风、醉看残月的柳屯田的独特情怀！

我知道五点三十分其实就是一页白纸呢，什么都可以画上去，什么都可以不画，而水墨和丹青就握在我手里。

清扫垃圾的环卫工人把扫帚伸进我的车轱辘下面，嘴里嘟囔着什么，车盖上的黄嘴翠鸟飞走了，也带走诗一样的好意境。不远处有一对提旅行袋的恋人急急忙忙往车站候车室跑去，广场的犄角处弥散起一片淡蓝的烟雾，那是早点摊的炊烟。

五点三十分，调频的电波总以一阕昂扬的旋律昭告世人天亮了，这样的时候一些人摸摸索索准备起床，洗手淘米做饭。这就是我所钟爱的五点三十分啊，尽管它的从前和以后是那样的不同，但不同的五点三十分有着不同的情趣在里头，我挚爱着，且痴迷着。在这一个奇妙的时间段里，放弃睡眠不一定就是一种痛苦，对于那些还沉湎在睡梦中的人，倒应该算是一种享受。

早起的人已经在广场周围的人行道上来回走动了,他们溜达着,随意地在那里行走,呼吸着一天当中最新鲜的空气。

可能那天我出车有点早了,当我把车停在靠近车站出口的地方时,眼皮儿像坠了铅似的合上了。我趴在方向盘上听见父亲说他要离开一会儿。就在父亲离开的空当,我看见那座黑黢黢的古堡了,堡墙仍旧那么高峻,俨然是生铁铸就的,幽幽泛着蓝光。堡墙外面是一条通衢大道,一头连着中心学校,一头连着一片树林。黏稠的夜幕压下来,堡墙苍劲地挺上去,浑如一轴浓浓的水墨,颜料太浓,看不透颜料下面的宣纸。学校那面一辆巴士呼啸而来,车头喷着火苗,火势越来越旺。巴士里的乘客面容模糊,姿态安详,全然没有生死即在须臾的慌乱,我看见父亲的一张老脸如同剪纸一样贴在巴士的车窗上,一闪即没。着火的巴士很快消失在那片黑压压的树林里了,我念叨着父亲坐上那辆巴士做什么?空中多了一轮月亮,一轮皎月悬在堡墙上,远处传来雷响,眼看要下雨了,我该回去了,老婆娃娃还在家里等米下锅呢……

这个梦很蹊跷,我是被一个乘客拉车门的声音惊醒的,同时惊出一身冷汗。看看计程仪上的时间,正好是五点三十分,该死的五点三十分。

我看到一辆不该看到的着火的巴士，连同我的父亲开进那片密密的树林……那个黎明时分的五点三十分，月亮好好地倒悬在天上，没有风，没有着火的巴士，也没有梦境中高耸的堡墙。我的乘客告诉我，他在车外喊了我足足有两分钟，以为我出了什么意外。我含糊道，困了，睡过头了，该死的五点三十分。乘客一脸费解，你说什么？什么该死？我说，挺好的，没什么。

我在五点三十分前后应该是很少有困意的，即使趴在方向盘上也仅仅习惯闭目养神，但那天我确实睡着了，并且做了一个不愉快的梦，我把父亲留在一辆着火的巴士上，那巴士越跑越远，我连喊一声的欲望都没有……当然我知道梦境是不真实的，我父亲永远躺在家乡的那面荒坡上了，他目光如炬，照耀着一座永恒的古堡，而我已经很少出现在他视线所及的范围里了。

记不清父亲是从哪一年突然开始衰老的，原来强壮的身体不知不觉萎靡下去，变得猥琐而矮小，一头黑发也被花白取代。山一般伟岸的父亲告别人世的时刻竟然就是在某个五点三十分，他走得不声不响又依依不舍……我总觉得父亲并没有离开这个世界,他天天陪我出车收车,尤其在我疲劳驾驶的时候,会时不时地提醒我,歇一歇吧,小心出问题。

我有一个惯例,五点三十分左右打车的乘客,一般只收他一点油钱,甚至油钱都可以省略。在静谧的车厢里,倾听他(或她)小憩的鼻鼾,偶尔聊一句事业或婚姻方面的话题;更多的时候,我不言,他不语,让车静静地驶向目的地。

一到地方,他下车,我开走,连一句感谢都不需要倾听。这样很好,因为他是我五点三十分的乘客,所有五点三十分坐在我车上的人,都是我生命中的贵人。

一旦五点三十分过后,无论再惯熟的乘客也不可能享受到这种优惠了,我是个恪守准则的人!

陪父亲走完最后一程

杨晋林

我父亲走的那天恰好是正月初五,依乡俗应该是破五节。自古有所谓"初一不出门,破五不回家"的习俗,而我父亲果真走出去后再没回家。

其实那天白天,我已经发现他很难讲出话了,哑哑地要说什么,我听不明白,无论把耳朵凑上去怎么用心分辨,可就是听不明白。看他急于要表达什么的样子,就只好安慰他不要说了,我什么都知道了。到了晚上九点二十六分,我眼睁睁地瞅着父亲走掉了,先是微弱地呼出一口气,隔了十几秒再想吸回那口气，就办不到了。我急忙给他摩挲前胸，拍打后背，均无济于事……他走了，走得那样安详，又走得那般从容，安静得像睡着了一样，素面朝天，而他八十九年艰难岁月也就此画上了句号。

在这之前的许多天，也就是父亲气息越发式微的那些日子，他会时不时地喊出一个名字。这个名字不是指定现实生活中某一个人，而是蕴藏在他心灵深处的一种本能期许。更确切地说，那是一句很土很土的方言，是称呼母亲的土语，这种牙齿与嘴唇相互作用产生的声音，被我们这一代以上的乡人们，寄寓了无穷慰藉与母爱。但是，痛苦分明从父亲黑洞洞的嘴巴里宛如棉线一般牵扯出来，我能够体会到他面对这个即将离去的世界，那份依依难舍又欲语还休的迟疑，我的父亲在为自己一生缓慢地把生命之门关上的同时，也在不断咀嚼那个很早就离他而去的祖母的称谓。

记得小时候，我随母亲偶尔去煤矿，凌晨三点钟父亲就穿一件破破烂烂的工作服带着铝制饭盒，扛一柄簸箕状的大方锹去炭火通明的坑口炼焦；早晨七八点太阳出山的时候，他才拖着沉重的步履回到宿舍，满脸烟黑，一身灰尘。我还记得父亲每次回家探亲，总是在忻口界河铺车站下车，然后沿着滹沱河岸、广济灌渠步行数十里才能回到家中。他往往是从午后一直走到天黑，捎一个绿色帆布大提包，哗啦一下推开被油灯胡乱涂鸦的房门，如一尊铁塔一样出现在我们面前，依旧是满脸黢黑，一身风尘。

1983年冬天，父亲退休返乡，由工人转变成农民，一柄方锹换成一把锄头，之间没有任何过渡，一切都是顺其自然。生活如此，身体也无大碍，直到他熬尽最后一滴灯油，一共做过两次手术，一次是疝气手术，一次是股骨头裂缝，但手术后的父亲身子骨依旧硬朗。而在手术之前，七十多岁的父亲还能挑一担粪桶步行数里远给责任田施肥。

2016年2月，也就是临近年关的那个万籁俱寂的冬夜，那个只有父亲恒久不变的哮喘痰鸣充满我的听觉的冬夜，在一盏硕大的LED灯的照耀下，我突然发现父亲脸上的老年斑已经被岁月打磨掉了黑褐的原色，一头白发也雾腾腾的看不分明，眼神昏花而散乱……我立刻意识到父亲的确是老了，老到开始模糊了自己的个性和形象，老到开始片言只语地反思自身的不足，老到开始客观评价被他溺爱一生却时时要算计他的至亲骨肉的人品了……人非圣贤,纵然做儿子的有天大委屈,在这一刹那间,也该释怀了。

连日来,父亲逐渐衰竭的各种脏器已让他吃尽苦头,长时间卧床不起,粒米未沾唇,仅靠几瓶脂肪乳,几瓶氨基酸和生理盐水维持生命体征的平衡。可怜的父亲腿部臃肿,前列腺增大绞痛难忍,还有尾椎处逐渐糜烂的细肉,意识时而糊涂时而清醒,甚至与我的对话也游移在儿子和孙子之间。差不多隔几分钟就小便一次,差不多隔几分钟就吐一次痰,卫生纸一天要用两卷。对于他自己,对于守护在他身边的儿子,每个白天和黑夜都那样难熬,简直是在屈指可数的日子里把生命中经历过的苦难与伤痛重新复制粘贴一次,让我更直观地洞察其内在的构造和原理。

2016年2月4日是农历腊月二十六。这天深夜,在病榻上躺了整整二十多天的父亲想坐起来,我小心翼翼地扶他起来,他一边喊疼,一边努力将腰身欠起,我在他身后垫了一大堆被子枕头,人总算坐直了,他长舒一口气,说这下行了。但坐起来的父亲喘得更厉害,喉咙里淤满黏稠的痰液。

腊月二十七日凌晨两点,父亲要我再扶他一把,我发现他已经顺着原来用被子塑造成的坡度,像一条鱼一样滑下去了,两只脚也伸出炕沿。当我再一次扶起父亲时,我的腰部扭了一下,然后就感觉钻心似的痛。

上午,父亲的精神格外好,断断续续给我讲述了他的一些经历,还夹杂了一些我所陌生的人名和地名。要知道,在这之前的将近四五十年间,我们父子间很少有过这样亲密的交流,他总习惯板着面孔带着情绪冷眼打量我。而在腊月二十七日这个平平淡淡的上午,我却生平第一次感受到做儿子的幸福和温暖。

午后,给父亲静脉滴注脂肪乳耽搁的时间太久,我担心他迟暮的身体开始排斥强加给他的一切外力。而且我观察到父亲呼吸异常困难,有时呼出一口气,忽然静止下来,隔一阵儿才艰难地吸进那口气。那时我就想,父亲该不会熬不出这个空洞无底的长夜吧?

腊月二十八日凌晨四点一刻,父亲含糊不清地吩咐我在炉子上烧点开水,给他煮一碗方便面。我知道父亲很长时间未能正常进食了,有了食欲,说明身体状况在慢慢好转。我在煮面的时候,父亲却说,算了,疼得不想吃了。父亲疼痛难忍时，习惯勾起胳膊，用手捂住脸，那样子让我心如刀绞。问他哪个地方疼，他说小腹疼，尾巴骨疼，浑身哪儿都疼。但我还是煮好了面，父亲吃了两口，喝了一点汤，说不敢吃了，怕吐了。

天明之前我打了一个盹，梦见我同父亲睡在一起，我推搡着父亲的肩膀说，爸，你千万要好起来。蓦然，梦醒了，黑暗中我与父亲仍保持两尺来宽的距离，他喉咙里发出一种如同冷水经过加热，开始与壶壁产生共振时发出的滋滋声响。让我意外的是，他的呻吟声暂时听不见了，呼噜声时起时伏，舒展悠长，压根儿不像一个缠绵病榻已久，中气羸弱不堪的老者。可惜，这样的平静是短暂的，代之的依然是持续不断的痛苦呻吟。

腊月二十八日中午，父亲又迎来短时清醒，问我什么时候上班，报社忙不忙，哪天过年，用什么材料垒旺火，去哪家商店买一条好烟，又说万一我上班以后又该由谁来照顾他等等……我的鼻子不由得又是一阵阵发酸，切身体会到了从未体会过的血浓于水的父子亲情。同时我也清楚，父亲是挣扎着想度过这个年关，过完年，他就满八十九岁了，本该是儿孙绕膝，颐享天伦之乐的年龄啊！尽管这个世界给予他的烦恼远多于愉悦，但耄耋之年的父亲还是想尽量延长自己生命的纵深度。

……

陪父亲蹒跚走向他人生尽头的过程备受煎熬，我无法替代他承受那种与死神短兵相接衍生出的痛苦，只能无助地聆听他被病痛折磨得叫天天不应，呼地地不灵的呻吟。

父亲的呻吟一直是喊给我素昧平生的祖母听的，从小缺乏母爱的父亲在临走之前，分明是要把生前很少触碰到的这个伟大的昵称，密集地在唇齿之间挤压出来，以期我的祖母会在冥冥之中保佑他的肉身和灵魂。不知道在他六岁时就溘然长逝的祖母会不会在龙山脚下清清亮亮地答应一声，或者我的祖父祖母已经站在那个遍布枣树与上一年遗留下的谷秸秆的田园里眺望他们渐行渐近的儿子了。

农历大年初一，在漫天炸响的爆竹声中，不知晨昏的父亲也迎来了他摇摇欲坠的八十九岁。这一步迈得何其艰难，除了父亲自己，是没有谁能够体会到的。中午时分，父亲突然对我说他昨儿晚上险些走了。我一时语塞，如果父亲不幸停留在八十八岁的门槛里，笃定是我这个不孝子在某些地方刺激了奄奄一息的父亲，笃定是做儿子的虔诚之心未能感动上苍……到了晚上,父亲开始不停地胡言乱语,后来喉咙里淤塞了过多的痰液,吐不出,咽不下。他含含混混地说他迷路了,找不到回家的路,要我扶他一把。可我一双庸俗卑微的手又怎能扶得起即将坍塌的一座大山呢?

正月初三,父亲深陷昏迷,胡乱答应着前来看望他的亲戚们的声音。晚上,父亲断断续续地说不行了,命不好云云。奇怪的是,我扭伤的腰部或因父亲的保佑吧,已经感觉不到疼痛。

初四一早,父亲喊我的乳名,要我拉他一把,他以为自己仍旧逗留在天色晦冥的街头,想起身回家,却身不由己。他说他看到好多来来往往的人,他说那是谁呀?我无法回答他,我也无能为力啊,也是的,我如何能让时光倒流,让青春永驻,让铁树开花,让枯枝生叶呢?

不知从什么时候起,父亲舌头上结了一个豆粒大的血泡,他时不时伸出舌头要我给他把血泡拭去,我哽咽着说擦不掉的,那是血泡,你得喝呀吃呀,你看你不喝不吃,连句囫囵话都说不出口了……

父亲突然开始下泄,从初四到初五之间,差不多有十多次,我诧异于久不进食的父亲肠胃中何以留存这么多秽物,有人告诉我可能是下漏了。下漏是临终前的一种先兆，生前积郁的五谷腐质都要排泄干净。我给父亲清理粪便时，他大声呼痛，我知道他的皮肉已容不得有一点点的触碰了。

初五那天，父亲果真连一句话都说不出了，他抓住我的手想说什么，喉咙里发出的声音却含混不清。人啊，在这种特定场合，心有余而力不足的情境下，想要表达某种迫切需要表达的观点时，那种焦虑，那种如鲠在喉的无措，那种无法达意的痛苦神态，即使铁石心肠的罗汉都不得不动容。

初五的晚上，我满以为对父亲来说又是个十分难熬的夜晚，当我把输液的针头从父亲腿部拔掉时，竟然没有看到一点回血。可我并没有多想，只是用棉球在针眼处轻轻压了一阵儿，然后把被子掖好。想给父亲喂一点水，就用卸掉针头的注射器给父亲打进嘴里一点水，却没有见他像往常一样有吞咽的动作，而是发现他异常艰难地呼出一口气，再想往回吸，却没有了下文……

我的哭声在那个寒夜里显得苍白乏力，我甚至感觉自己不配拥有这样气宇轩昂的悲恸。怎么说呢，父亲在我的印象里，一直是个不苟言笑、喜欢指责且极易动怒的人。直至父亲不久于人世，才愿意以温婉的态度对我倾吐心声，愿意撇开所有外力的干扰与我坦诚相待，愿意在临终之前替自己做一次主，只是一切来得太晚了……我实在不愿更多地品味那些已经流失掉的让人心堵的过往滋味了。斯人已逝，我唯有长歌当哭以泪洗面，才可聊表我对父亲深深的忏悔，寄托我对父亲迟到的哀思。

　　这时候，距离初六的天明依然漫长，而我只能聆听我母亲喋喋不休的诵经声，也只能在北风轻轻叩打窗棂的冷酷无情的长夜里，陪伴父亲走完最后一程——眼睁睁地看着苍老、瘦削尚且孤独的父亲越走越远，最后消失在混沌不辨晨昏的世界，不再回首。

父亲的乡村